LE JOUR DU CHIEN

CAROLINE LAMARCHE

LE JOUR DU CHIEN

✩*m*

LES ÉDITIONS DE MINUIT

L'ÉDITION ORIGINALE DE CET OUVRAGE A ÉTÉ TIRÉE À TRENTE EXEMPLAIRES SUR VERGÉ DES PAPETERIES DE VIZILLE, NUMÉROTÉS DE 1 À 30 PLUS SEPT EXEMPLAIRES HORS COMMERCE NUMÉROTÉS DE H.-C. I À H.-C. VII

© 1996 by LES ÉDITIONS DE MINUIT
7, rue Bernard-Palissy, 75006 Paris

En application de la loi du 11 mars 1957, il est interdit de reproduire
intégralement ou partiellement le présent ouvrage sans autorisation de l'éditeur
ou du Centre français d'exploitation du droit de copie, 3, rue Hautefeuille, 75006 Paris.

ISBN 2-7073-1564-8

Au chien aperçu le 20 mars 1995
sur l'autoroute E411.

*« Le chien, dit-elle, le chien que nous avons laissé.
Je n'arrive pas à oublier ce pauvre chien. »
La sincérité de son chagrin me surprit car nous
n'avions jamais eu de chien.*

Vladimir Nabokov

HISTOIRE D'UN CAMIONNEUR

Ils ont dû être contents d'avoir une lettre de camionneur, au *Journal des Familles*. Ce n'est pas souvent que ça doit leur arriver. J'ai écrit : « L'autre jour, sur l'autoroute, un chien abandonné courait le long du terre-plein central. C'est très dangereux, ça peut créer un accident mortel. » J'ai pensé, après l'avoir écrit, que « créer » n'était peut-être pas le bon mot, puis je l'ai laissé parce que je n'en trouvais pas de meilleur, et que créer, c'est mon boulot, bien que j'aie ajouté : « Mon boulot, c'est camionneur ». J'ai dit ensuite qu'il y avait un réel problème de chiens abandonnés, que ce n'était pas la première fois que je voyais une chose pareille, et que je voulais témoigner, non seulement pour que le public se rende compte, mais pour mes enfants, qu'ils sachent qu'un camionneur voit beaucoup plus de choses de la vie qu'un type dans un bureau, et qu'il a donc des choses à dire, même s'il n'a pas fait d'études. Par exemple, ai-je écrit, quand je pars le matin dans mon camion, comme je n'ai rien d'autre à faire qu'observer, je remarque les anomalies, et j'en parle. J'en parle quand je peux, quand je rencontre des gens qui ont envie d'écouter, ce qui n'est pas très fréquent parce que, dans les aires de repos où on s'arrête, on ne se dit pas grand-chose, à cause de la fatigue. Et puis moi, par nature, je ne parle pas beaucoup. Et mes enfants, je ne les vois guère. Heureusement que leur mère s'en occupe, c'est un ange. Mais moi, quand ils iront à l'université et que je serai à la retraite, il faudra que j'aie des choses à leur dire, sinon ils me regarderont de haut, comme tous les enfants regardent leurs parents, je ne prétends pas que notre famille soit une exception même si eux ils vont faire les études que moi je n'ai pas pu faire, à cause de mes parents, justement.

J'ai écrit ça, et j'ai attendu la réponse. J'écris souvent aux journaux, et, en général, ils sont très contents qu'un homme qui n'a normalement rien à dire ait, justement, quelque chose à dire. Par exemple, quand je pars le matin, j'ai l'œil alerte et observateur, et je remarque que le vasistas de telle maison du voisinage est toujours ouvert à l'heure où je pars. Je me dis alors : tiens, celui qui dort là-haut se lève tôt, lui aussi. Et puis voilà qu'un jour il y a une taie d'oreiller qui est posée à l'extérieur, sur le toit, et je me dis : c'est une taie qui sèche, donc on l'a mouillée, ou salie, la nuit, donc il y a un enfant qui a vomi – et je pense tout à coup à mon enfant, ou à mes enfants, ça dépend des jours, qui ont aussi leurs petits malaises, comme tout le monde, d'avoir trop mangé, ou de n'avoir pas envie d'aller à l'école, on les comprend.

Alors une idée nouvelle me vient, j'écris à une autre revue, *Femme moderne*, par exemple, que mon enfant vomit tous les matins avant de partir à l'école, et qu'est-ce qu'il faut faire, et que ma femme n'ose en parler à personne, mais moi je prends la liberté d'écrire et j'espère qu'ils me répondront. Alors ils répondent, très contents, ils disent qu'il y a probablement un psychologue à l'école de mon enfant, à qui on peut demander conseil, ou peut-être y a-t-il un manque de communication dans la famille, enfin une difficulté – ils prennent des mots qui ne risquent pas de vous faire sentir coupable –, alors une difficulté au sujet de laquelle il faudrait essayer de faire parler l'enfant, gentiment, par exemple commencer à lui raconter ma journée de travail, ce que j'ai vu de mon camion, l'oreiller sur le vasistas, c'est une très bonne idée, monsieur, vous avez un don d'observation, il faut vous en servir, alors racontez l'oreiller sur le vasistas, et puis demandez à votre enfant ce qu'il en pense, s'il croit qu'il y a là aussi un petit garçon qui vomit avant d'aller à l'école et pourquoi. Et votre enfant, en imaginant – c'est le mot qu'ils m'écrivent – la vie d'un autre, il va se mettre à parler de lui. Voilà. Et vous, vous aurez fait, en plus de camionneur, votre « boulot de parent » – ils écrivent boulot, puisque j'ai dit « boulot de camionneur », être un parent, ça peut être un boulot, et pas uniquement un « travail » en costume-cravate et souliers cirés.

On dirait que tout peut être un boulot. Même de créer. Parce que moi je n'ai pas d'enfant, et ma femme est partie. Peut-être que le chien je l'ai créé aussi, pourtant j'ai arrêté mon camion, je suis sorti de la cabine, et j'ai fait de grands signes aux gens pour qu'ils ralentissent, et eux, docilement, bien que roulant à du 120 ou 140, ils ralentissaient, ils pensaient à un accident, plus loin – les camionneurs, on les respecte, du moins quand ils sont dans leur camion ou à côté. Donc ils ralentissaient peut-être pour un chien imaginaire, ou pour un accident créé, mais moi, je crois bien que j'ai vu ce chien courir comme un fou le long du terre-plein central. Ce n'était rien d'autre qu'une observation comme la taie d'oreiller sur le toit, alors j'ai fait ce qu'il fallait, j'ai arrêté mon camion. Le flot des voitures a ralenti à cause de moi, j'ai vu enfin les visages que je ne vois jamais parce qu'ils vont trop vite, d'habitude. Ces visages me regardaient avec étonnement, on me disait merci d'un geste, ou bien quelqu'un baissait sa vitre et demandait : « Qu'est-ce qu'il y a ? » Je n'avais pas toujours le temps de répondre, ou bien je disais : « Un chien ! » C'est quand j'ai crié « Un chien ! » la première fois que j'ai eu, soudain, envie de pleurer devant tout le monde, ou de tomber par terre, et de me laisser glisser sous les roues des voitures.

Voilà pourquoi j'ai écrit au *Journal des Familles*. A cause de cette envie de pleurer qui m'a prise devant les gens. Alors j'ai pensé qu'il fallait que je parle de mes enfants – même s'ils n'existaient pas –, de leur chagrin en entendant l'histoire du chien, et combien j'aimerais dire au monde que négliger les bêtes, c'est comme d'encourager l'esclavagisme, c'est aussi grave, simplement les chiens et les chevaux, les vaches et les poulets ont remplacé les esclaves. D'ailleurs – mais ça, je vais l'écrire à la revue *Claire Nature* – je suis devenu végétarien, ça date du temps où je partais à une heure du matin pour arriver à Rungis et acheter de la viande, rien que ça, de la viande. Il faut que les lecteurs de *Claire Nature* sachent ce que c'est qu'un entrepôt de viande, qu'ils sachent ce que c'est qu'un abattoir, il faudrait organiser des visites, on commencerait par la façade occupée par des échoppes de boucher, où on trouve à moindre prix la viande la plus fraîche de la ville et les charcuteries les plus savoureuses, comme *Chez Lisette, Au bon bifteck*, puis on entrerait par l'arrière, dans la cour, et là on verrait les bêtes se retrouver en bêlant, en meuglant, une sorte d'ultime réunion de famille où on se dérouille les pattes et on papillonne des yeux en sortant du camion, et dans un coin il y a un tas de viscères fumantes, c'est là que le regard de quelques bêtes commence à changer, et que certaines restent immobiles, comme clouées au sol, de sorte qu'on doit les piquer au moyen d'un long crochet pour les faire avancer. La suite, c'est le couloir de la mort. Là, c'est étroit, il n'y a place que pour un seul animal à la fois, et, de chaque côté du mur, des hommes brandissent leurs crochets pour que ça aille plus vite. Les veaux sont les plus affolés. Eux, on les a immobilisés pendant des mois pour produire une chair blanche très tendre, et voilà qu'arrivés dans le couloir de la mort on leur demande de courir, pour la première et la dernière fois de leur courte vie. J'en ai vu sauter à une hauteur incroyable, j'en ai vu se heurter violemment contre les murs, ces bêtes grassouillettes, au cuir tendre, qui n'ont jamais rien fait d'autre que boire, immobiles, le lait enrichi mis à leur portée immédiate, l'unique effort consistant à essayer d'atteindre, au-dessus des cloisons, le museau du voisin, pour le lécher comme on tète le pis de sa mère. Dans le couloir de la mort, il fait sombre comme dans l'étable, mais ici les yeux brillent, ceux des bêtes et ceux des hommes, tous ils reflètent une lueur unique : celle qui éclaire, au bout du tunnel, l'endroit où on tue. Je n'ai jamais été jusque là. J'ai simplement appris, dans le tunnel, que les bêtes savent que c'est la fin, c'est inscrit dans leurs yeux aussi clair que du vomi sur une taie d'oreiller, il suffit d'observer, mais les bouchers n'observent pas, jamais, pourtant il y en a qui ont des enfants, aussi, des enfants qui ne sont pas imaginés mais qu'ils ont faits avec leur bonne femme, des enfants qui leur mangeront la laine sur le dos parce qu'ils voudront aller à l'université, et qui, forcément un jour, deviendront végétariens.

Moi, mes parents m'ont abandonné. Dans un sens, ça facilite les choses, je veux dire que je n'ai pas besoin d'écrire en tant qu'enfant malheureux, comme ils le font dans *Ado* ou dans *Teens*. A ces revues-là je n'ai rien à dire, rien à créer même, je ne sais pas pourquoi. Je lis simplement les histoires des jeunes qui se plaignent que leurs parents ne les laissent pas fumer, ou sortir, ou quitter l'école, ou avoir une voiture, ou passer la nuit entière avec leur petite amie. J'ai déjà pensé leur écrire, mais je n'aurais rien à dire que : « Moi, mes parents m'ont abandonné. » Puis basta. Parce qu'une fois que c'est fait, où est le problème ? Il n'y en a pas, voilà. On suit une ligne droite, comme ce chien qui courait après une voiture, une voiture invisible, trop rapide pour lui, et que personne ne peut montrer du doigt parce que bien sûr personne n'a rien vu quand on a jeté le chien dehors. Des gens crient pour vous appeler, pour vous sauver, pour vous cajoler à la place de ceux qui vous ont jeté dehors, mais on se contente de suivre la trace, toujours la trace, qui devient de plus en plus difficile à suivre, mais ça ne fait rien, c'est devenu un automatisme, on a mis le cap, et on continue. Cette sorte d'obsession est plus simple que tous les états d'âme du monde, c'est sans pensée, c'est comme un camionneur sur l'autoroute de Bruxelles à Paris, on va droit devant soi, et au bout il y a une montagne de viande morte qui ne saigne même plus, elle est simplement rouge, rose, blanche, et froide, très froide, ce qui fait qu'on est devenu végétarien, sans hésiter, sans jamais changer d'avis. Dans un sens, c'est facile, on ne revient pas en arrière, on ne voit plus les yeux des bêtes qui vont mourir, on se retire de la responsabilité, on est propre, léger, et les journaux aiment ça, un camionneur léger et propre, qui est végétarien et n'arrête pas d'écrire sur les animaux qu'on abandonne et sur les enfants qu'il faut éduquer pour que ça n'arrive plus jamais.

Parfois je travaille dans les fruits et légumes. Toujours Paris-Bruxelles, et parfois la Hollande. La première fois que j'ai passé des tomates-cerise, ils m'ont arrêté à la frontière hollandaise. Ils n'avaient jamais vu ça, ce n'était pas dans leur répertoire, ils étaient perdus. Ils ne savaient pas s'il fallait les noter dans les fruits ou les légumes, les tomates ou les cerises. Ça m'a amusé de voir des douaniers perdus, qui ne savaient pas où ils en étaient, qui faisaient patienter tout le monde à cause d'un truc nouveau qui n'existait qu'à Rungis et pas dans le Nord. Les journaux, c'est pareil, ils savent pas trop où me caser, je suis comme un fruit-légume, un truc hybride, mais c'est touchant, un camionneur dans la rubrique « cœur » d'un magazine, c'est viril et fragile, voilà ce qu'elle a dit, la journaliste de *Tendresse*, quand j'ai parlé des problèmes avec ma femme que j'aimais tant, qui avait des cheveux blonds et une bouche très rouge. C'est drôle, un camionneur fidèle, voilà ce qu'elle a dû se dire, c'est pour ça qu'elle m'a téléphoné après avoir répondu à mon courrier sentimental. Elle a dit qu'elle aimerait faire une interview sur le métier, et si j'avais quelque chose de bien à raconter, je ne devais pas me gêner. J'ai dit oui, mais pas chez moi, parce que ma femme est impressionnable, elle n'aimerait pas qu'une journaliste gentille comme vous vienne m'interroger sur ma vie privée – parce que le camion, c'est ma vraie vie privée. L'autre, elle peut bien apparaître dans le courrier des lecteurs, à condition qu'on préserve mon anonymat, qu'on ne mette pas mon nom, simplement un titre correct, « Histoire d'un camionneur », par exemple, ou, comme pour l'histoire du chien, « Boulot de parent », ce qui va attirer l'œil, enfin l'œil des bons parents, parce que je ne sais pas si les autres, ceux qui abandonnent, lisent ce genre de chose.

La journaliste a proposé qu'on se voie plutôt dans un bar. « Un endroit où vous avez l'habitude d'aller », m'a-t-elle dit. Je suppose qu'elle voulait s'inspirer, saisir la couleur locale d'une vie de camionneur, pour la reproduire toute crue dans son magazine. Alors je lui ai proposé le restoroute, en ignorant que ce serait le jour du chien, un grand jour, décidément. Tout compte fait, c'est peut-être à cause de la journaliste que j'ai eu, plus tard, envie de pleurer devant les gens qui s'arrêtaient pour le chien.

J'étais bien à l'heure, elle un peu en retard – normal, c'est une femme. Une belle femme, d'ailleurs, jeune, trente ans, peut-être moins, je ne sais pas, je n'ai plus trop l'habitude de deviner l'âge des femmes, et puis Germaine, quand elle vivait avec moi, elle faisait plus vieille que son âge, à cause de la cigarette et de ses cheveux teints avec la racine noire et le reste jaune pâle, parfois roux, ça dépendait, mais celle-là, ma journaliste, elle respirait proprement comme une qui surveille son alimentation et ne fume presque pas, en tout cas pas avec moi. Je l'ai regardée discrètement, j'ai vu ses cheveux courts, noirs, pas teints pour un sou, son maquillage léger, son jean et sa veste de tailleur par-dessus, une veste trop chic pour le jean, et un T-shirt en dessous, avec une bordure de dentelle. J'ai vu ses yeux, noirs aussi, des yeux de bête, pas de vache ni de mouton, plus vifs que ça, mais doux aussi. Du coup j'ai eu l'impression d'être regardé, et alors, comme toujours dans ces cas-là, je me vois comme je suis. Ça vaut pour les regards d'humains ou de bêtes, il y a une manière de regarder qui fait que je me vois. Ça m'excite et me fait peur à la fois. Parce que je suis plutôt fluet pour un camionneur, en tout cas par rapport au gabarit habituel. Je n'en ai pas honte, mais parfois il y a des gens qui ont honte à ma place, Germaine, par exemple, qui ne me regardait jamais. Elle ne regardait que son caniche, et celui-là, on ne peut pas lui donner le nom de chien, de même qu'à certains hommes ou certaines femmes on ne donne pas le nom d'humains, ou du moins on devrait s'abstenir. Fripon était tout sauf un chien : un faux-cul, un gigolo qui pompait toute la paie de Germaine en croquettes et petits manteaux pour l'hiver, en visites de vétérinaire et laisses à clochettes, un sac à puces qui semait ses bestioles dans la moquette et se grattait sur notre lit, toute la nuit, si bien qu'il y avait souvent un frottement sec qui accompagnait mes rêves de camions sur la route, et moi je sortais lourdement de mon engin, ensommeillé, les jambes en plomb, et j'essayais de trouver la cause du frottement par tous les moyens, et je n'y arrivais pas, forcément, puisque Fripon n'était pas dans mon rêve, mais sur la couette.

Je n'ai pas parlé de Germaine à la journaliste, puisque Germaine est partie en emportant Fripon et nos économies. J'ai parlé de ma femme et de mes enfants, mais, comme il me fallait un point d'ancrage – parce que créer une femme et des enfants sous le regard animal d'une belle journaliste, c'est autre chose que de le faire sur papier pour un magazine –, j'ai soulevé le bas de mon pantalon, et j'ai montré mon mollet piqueté de points rouges. « La preuve qu'on aime les animaux, chez nous », ai-je dit. La journaliste m'a regardé d'un air surpris, les cils en étoile, alors j'ai ajouté, sobrement : « Piqûres de puces. Chez nous, c'est le paradis des chats. » J'ai dit « chats », parce que je n'avais vraiment pas besoin de me rapprocher de Fripon avec cette histoire de puces, il fallait éviter tout dérapage, alors j'ai créé le chat de ma femme, doux comme ma femme, et les chats de mes enfants, un pour chaque enfant. J'ai commencé par décrire les chats un par un, histoire de me garder un peu de temps pour imaginer mes enfants. J'ai dit que c'était tous des chats perdus arrivés chez nous par hasard, et qui étaient infiniment reconnaissants qu'on les laisse dormir sur les lits pour leur faire oublier leur vie de galère. D'où les puces. Je n'ai pas dit que les puces étaient le seul souvenir que Germaine m'avait laissé, et que je ne peux pas m'asseoir, chez moi, pour manger ou regarder la télé, sans les sentir me piquer les jambes.

Ce chien, sur l'autoroute, il ne dormait sûrement pas sur un lit. On n'abandonne pas un chien qui dort sur un lit. Il devait dormir dehors, sur un paillasson, ou dans une niche. Peut-être avait-il un enclos grillagé, d'où il aboyait sur les passants, peut-être ne servait-il qu'à ça, aboyer sur les passants, empoisonner son monde sous prétexte de protéger les habitants d'une maison. Je ne sais pas. J'essaie d'imaginer l'histoire de ce chien avant qu'il soit lâché sur l'autoroute, et je n'y parviens pas. C'est plus difficile que de s'inventer une vie. Ce chien, c'est quelqu'un d'autre, quelqu'un que je n'ai pas connu, et qui a pourtant eu une vie véritable, pas une vie imaginaire, voilà sans doute pourquoi je ne parviens pas à retrouver ce qu'il a pu vivre, juste avant qu'on l'abandonne.

« Monsieur Grassmayr et son fils, pour une promenade en calèche à l'ancienne dans les champs de neige... » C'était dans la revue *Art de vivre* chez le dentiste. Il y avait une page consacrée à l'Autriche, comment ces gens-là vivent Noël, en buvant du vin chaud, en mangeant des beignets, et en vendant aux touristes leurs tours en calèche ou les produits des marchés de Noël. Monsieur Grassmayr avait sa photo sur le coin inférieur droit de la page, un homme de belle carrure, avec des joues très rouges et des moustaches parfaitement noires qui rejoignaient ses favoris et encadraient des dents bien blanches. Il souriait, monsieur Grassmayr, avec son chapeau de feutre sur la tête, sa veste grise à revers couleur sapin et à boutons de cuivre, et, à côté de lui, un garçon – avec des joues très rouges lui aussi, la même veste grise à parements verts, et le même chapeau de feutre, qui sur sa tête paraissait très grand – jouait de l'accordéon. Sa bouche était ouverte, il chantait. Je me demande pourquoi je ne peux pas être monsieur Grassmayr, et, comme il est dit dans la légende, « conduire brillamment quatre chevaux, tandis que son fils joue de l'accordéon ». Je me souviens de ce mot « brillamment ». Je pense qu'il s'applique aux actions de ceux qui n'ont pas été abandonnés, et qui ont eu, par exemple, un père assis à côté d'eux, un joli fouet à la main, tandis que l'haleine des chevaux s'élève dans l'air pur du Tyrol. Si j'avais appris à jouer de l'accordéon avec mon père, ou si, tout simplement, j'avais pu chanter à ses côtés en sachant que mon chant lui rapportait des clients, il me semble que je n'aurais pas eu besoin d'écrire aux journaux en m'inventant une famille. Quand je suis dans mon camion sur l'autoroute, je pense souvent à Monsieur Grassmayr et son fils. Je ne pense pas à mon père, jamais, je n'y penserai jamais, cette pensée ne me serait d'aucune utilité.

« Mademoiselle », ai-je dit, « ou Madame... ? » Ma journaliste a souri, elle a dit : « Mademoiselle », et, à ce mot, j'ai failli lui dire quelque chose comme : « Mademoiselle, je serai votre garde du corps... » Puis je l'ai vue, elle si jolie, à côté de moi, plutôt fluet pour un camionneur, et je n'ai rien dit, j'ai pensé : « Mademoiselle, je serai votre bâton de vieillesse. » Et je le pensais vraiment. Je pensais que je serais le seul sur terre à pouvoir observer sans crainte ses petites rides et l'arrivée des cernes, le seul à aimer que ses cheveux s'ornent de fils d'argent, comme on dit, parce que « grisonnent », c'est un mot affreux, comme verbe. Ce serait un nom, « Les Grisonnes », comme on dit « les Grisons », ça sonnerait comme une chaîne de montagne, et toutes ces femmes aux cheveux gris deviendraient ce qu'elles sont : de très beaux obstacles naturels. Mais une femme qui grisonne, c'est ridicule. Donc, j'ai pensé aux fils d'argent, je ne disais plus rien. Alors elle, sans impatience : « Vous vouliez me dire quelque chose ? Vous alliez me parler de votre métier... » Elle avait saisi son stylo et son calepin. Alors j'ai dit : « Mademoiselle, mon métier est solitaire. » Puis je me suis tu. Il me semblait que j'avais tout dit. A cet instant précis, je suppose, le propriétaire du chien devait l'embarquer dans sa voiture pour le lâcher sur un parking d'autoroute. Le propriétaire du chien avait mis ses skis sur le toit, ses valises dans le coffre, il avait sur le tableau de bord l'adresse de la fille qu'il devait aller chercher, une presque inconnue rencontrée dans un bar, qu'il avait décidé d'inviter aux sports d'hiver parce qu'elle avait de beaux nichons ou un cul rebondi, le genre de Germaine avec une teinture correcte, blonde uniforme, et des robes, des vraies, pas des loques. Donc il mettait le chien dans la voiture, à la place où la fille installerait son gros cul, sur un bout de couverture à jeter après avoir jeté la bête. Et le chien savait, ils savent tous, les chiens comme les vaches ou les chevaux, le chien tremblait et regardait son maître en gémissant un peu.

« Solitaire... » a-t-elle dit, le stylo en l'air. « Vous voulez dire que vous ne rencontrez personne ? Vous êtes seul dans votre... cabine, c'est ça ? » J'ai dit que oui, mais qu'il y avait moyen, parce qu'on était seul, de penser à des tas de choses, aux Grisons par exemple. Elle m'a regardé, l'air délicieusement intrigué. « Les montagnes... » ai-je ajouté. « Vous voulez dire que la monotonie de l'autoroute et la solitude de votre métier vous font rêver aux montagnes ? » J'ai dit oui, c'est ça, et j'ai parlé de monsieur Grassmayr et de son fils qui jouait de l'accordéon, tout en regardant les cheveux noir corbeau de la journaliste sans y trouver un seul fil d'argent.

C'est vrai, j'ai toujours des images dans la tête quand je roule longtemps, si bien que je ne vois plus le paysage, une fois sur l'autoroute. Ce qui est curieux, c'est qu'au moment où j'ai cru voir le chien j'ai vu aussi, en un éclair, les détails de ce qui m'entourait, comme si je venais, l'œil neuf, de partir tôt le matin. Pourtant je me souviens qu'il devait être cinq heures du soir, un après-midi de mars, avec cette lumière comme du lait, à laquelle je n'ai jamais rien compris, ce beau temps de printemps qui coule sur tout le paysage après une journée de giboulées. On dirait que le ciel regarde la terre à travers un nuage de pollen, mais c'est trop tôt pour les pollens, et l'air est propre, simplement il y a ce blanc doux, transparent, que l'on ne retrouve à aucun autre moment de l'année. Parfois j'imagine que c'est le lait des bourgeons, encore fermés, qui produit cette lumière, en quelque sorte la nature rayonne déjà avant de s'ouvrir. Peut-être y a-t-il une autre raison, l'épine blanche, par exemple, qui fleurit sur la bande de terre qu'on a laissée au milieu de l'autoroute, mais ça m'étonnerait que ces buissons dispersés soient la seule explication à cette lumière de nulle part. Je me souviens que la circulation était dense, mais cependant fluide, ça roulait à du 120, si le chien avait traversé ou quoi que ce soit d'autre, le carambolage aurait été total, et, à cette vitesse, il y aurait eu des morts, sûrement. Pourtant, il paraît qu'il a traversé sur toute la largeur, quelqu'un l'a dit, le cinglé qui faisait du vélo. Je n'ai pas eu le temps de lui demander ce qu'il faisait avec sa bécane sur l'autoroute, d'ailleurs il en était tombé, il était assis à côté, le genou plein de sang, et il répétait : « Il a traversé, il a traversé ! » Moi, à ce moment-là, je devais regarder ailleurs, en tout cas, si le chien a vraiment changé de bord, il a dû être terriblement rapide et malin, c'est un miracle qu'il n'y ait pas eu d'accident.

Cet après-midi-là, donc, je voyais tout. Peut-être parce que je venais de quitter la journaliste, et que je n'avais plus besoin de m'inventer des images ou d'allumer *Radio Rachel,* comme je le fais souvent quand j'ai envie de ne penser à rien et d'être dépaysé à peu de frais. Ils ont de très beaux chants folkloriques, et ils parlent de leurs fêtes aux noms bizarres, Pourim, Pessah, Shabbat ... Ils interviewent des jeunes qui vont dans une école juive, une école qui propose le même programme scolaire que partout ailleurs, avec diplômes habituels, mais il doit y avoir quelque chose de différent, parce que ces jeunes-là n'ont pas peur de parler de leur religion, et avec fermeté encore, et une sorte de contentement, ça change des bêtises des autres stations, celles que Germaine écoutait tous les matins à la maison, avec l'horoscope et puis les conseils beauté, la publicité et les questions politiques à l'homme de la rue qui ne s'y connaît pas plus que moi, il ne voit que le bout de son jardin, quand il en a un, ou, à défaut, le bout de ses souliers. Tandis que les voix de *Radio Rachel,* ça porte haut, ça fait comme une lumière de lait sur les ondes, une lumière de bourgeons. Si j'avais des enfants, j'aimerais qu'ils soient juifs, simplement pour l'intelligence, bien que parfois ces gens-là disent des choses étranges, comme ce rabbin, il y a quelques jours : « L'antisémitisme, ce n'est pas notre problème, c'est le problème des autres. » C'est comme si moi je disais que les puces dans mon tapis ne sont pas mon problème, mais celui de Germaine. En attendant, je me fais piquer tous les jours.

J'ai écrit au *Journal des Familles* à propos du chien, c'est un débat important, le sort des animaux dans notre société, ils me répondront, c'est sûr. Quand ma lettre paraîtra, j'en enverrai une copie à la journaliste aux cheveux noirs. D'ici-là, elle aura parlé de moi dans *Tendresse*. Je crois qu'elle ne m'oubliera jamais, pas plus que moi je n'oublierai ce chien abandonné qui courait dans la lumière des bourgeons. Je suis devenu une vision pour elle, elle une vision pour moi, impossible d'en douter, il faudrait simplement que ça dure plus longtemps que la fête de Pourim ou le lait du jeune printemps. Il faudrait que je boive cette lumière tous les jours, dans mon camion, au lieu du sang des abattoirs.

LE COMBAT AVEC L'ANGE

Il est étrange que je n'aie pas encore rêvé de ce chien, alors que la vision de sa course démente m'habite tout le jour. Il est vrai que je ne me souviens plus de mes rêves. Lorsque j'étais jeune prêtre, ils imprégnaient mon réveil et ma méditation, avant que je ne me mette au travail. Aujourd'hui, le téléphone sonne de plus en plus tôt. J'ai bientôt soixante ans, de l'arthrose cervicale et le dos qui se voûte, cinq paroisses, quatre conseils de fabrique, trois équipes paroissiales, et deux cercles d'aides aux malades.

Des récits bibliques, celui qui conte la lutte de Jacob avec l'ange m'est particulièrement cher. Lorsque le doute m'assaille, j'y reviens comme s'il contenait le secret de ma vocation. Chaque lecture me révèle une facette nouvelle de cet homme se livrant, de nuit, à un combat qui le dépasse, et retirant à son terme le droit de voir son nom changé par Dieu : « On ne t'appellera plus Jacob, mais Israël, car tu as lutté contre Dieu et contre les hommes, et tu as été le plus fort. »

Tout l'hiver, mon esprit et mon corps ont lutté contre les sollicitations des hommes, tandis que mon cœur, déserté par la lumière, portait, à la manière des arbres retenant leur sève froide, cette prière : « Seigneur, quel est mon nom ? »

Je le sais maintenant. Le moment où j'ai vu ce chien sur l'autoroute, lundi dernier, m'a appris, en un éclair, le nom qui m'attendait. Un chien fou, un chien perdu, un chien galopant, la mort aux trousses, voilà ce que je suis.

Je note aujourd'hui que Jacob fut blessé par l'ange « au muscle de la cuisse », périphrase qui désigne une atteinte directe à la force virile, comme s'il fallait devenir impuissant pour servir Dieu. Doublement impuissant lorsque aucun nom ne vient remplacer le premier. Je suis prêtre, et non moine, je n'ai donc pas changé de nom, je n'ai accepté, en recevant l'onction, que la blessure, non sa reconnaissance. Et si les monastères sont les derniers bastions de l'Eglise, bien que leurs portes s'ouvrent presque aussi largement que celles des paroisses, c'est qu'ils sont le refuge d'hommes ou de femmes qui ont, en prononçant leurs vœux, changé de nom. Nous autres, prêtres de paroisse, n'avons qu'une seule identité, à l'instar des fidèles qui nous écoutent. Un prénom, donné une fois pour toutes par des parents souvent eux-mêmes en mal de reconnaissance et baptisant leurs rejetons du nom qu'ils auraient aimé porter eux-mêmes. C'est ainsi, je suppose, que je fus nommé Jean, comme l'apôtre bien-aimé qui posa, le soir de la dernière Cène, sa tête sur la poitrine du Christ. Abbé Jean, ou Monsieur l'abbé, pour mes ouailles. Mais, à la différence des hommes qui me servent de frères lorsqu'ils viennent s'asseoir devant moi dans l'église, Dieu m'a repris ma virilité, je la lui ai donnée, je n'ai connu aucune femme, du moins au sens que donne la Bible au mot « connaître » : selon la chair.

Sophie n'allait pas à la messe. Il y a trente ans – mais elle était à peine née –, elle y serait venue, comme tout le monde. En ce temps-là, les saisons avaient le visage de l'Eglise. Chaque dimanche était une étape dont j'étais le passeur, chaque dimanche marquait, pour une communauté entière, le passage du temps, de l'Avent à Noël, du Carême à Pâques, de la Pentecôte à l'Assomption. Dans mon église, des hommes de bien, des hommes de chair et de sang, m'entouraient, autant que des crapules ou l'habituel contingent de médiocres, de tièdes, ceux que le Christ a vomis. Aujourd'hui seuls demeurent les tièdes, et quelques passionnés dont la ferveur confine à l'hystérie. Une humanité émasculée. Après tout, peut-être ai-je les paroissiens que je mérite, peut-être sont-ils le miroir de ce que je suis devenu.

Sophie ne faisait pas partie de l'Eglise. Pourtant j'ai aimé son visage comme un psaume. J'en ai fait le véhicule de ma prière. A travers lui, j'ai béni Dieu, ma bouche a proféré des paroles vraies, mon esprit rayonnait d'intuitions justes. Je comprenais le monde, la terre et le ciel, l'univers. J'en ouvrais les portes à mes paroissiens. J'accédais à la connaissance du bien et du mal, au fruit défendu, j'étais ce fruit, j'étais Dieu, on mangeait mes paroles comme un sacrement, simplement parce qu'en dehors de l'assemblée brillait, pour moi seul, un visage de femme.

Elle n'était pas comme les autres. Si je tente de définir en quoi elle ne l'était pas, c'est l'image du chien de l'autoroute qui me revient avec insistance : cette femme était différente des autres comme ce chien l'est des autres chiens, ou comme le psaume 22, que murmurait le Christ en croix, est différent d'une encyclique papale. Si j'essaie de cerner cette différence, il me semble qu'elle est liée à quelque chose de très ténu, qui ne se distingue pas à première vue.

Imaginons que je prenne deux cailloux lisses, parfaitement identiques. L'un – est-ce parce qu'il est dans ma main gauche ? – semble irradier d'une présence plus forte que l'autre : c'est lui que je garderai dans ma poche, que je caresserai à l'occasion. Oui, même si je le change de côté, si je le mets dans ma main droite, il conserve ce pouvoir d'appeler mes caresses. Je jette l'autre, je garde le caillou qui m'a charmé, qui m'a donné de la force. Et au bout de quelque temps, un jour, par hasard, je le retourne. Et je vois que l'envers est creusé d'une strie, qu'il y a là une imperfection – une blessure – qui attire la poussière et le regard, et donne envie de s'introduire au cœur même du caillou, là où la poussière ni le regard ne peuvent pénétrer.

Il est étrange que, pour tenter de définir Sophie, je parle de cailloux, après avoir évoqué le souvenir d'un chien et la mémoire d'un psaume. C'est que les cailloux semblent moins compliqués que les bêtes ou les êtres humains et, en apparence, mais en apparence seulement, moins dangereux que les psaumes, qui, eux, sont capables de vous ouvrir en deux et de vous rendre aussi faible qu'un petit enfant ou qu'un homme abandonné par sa bien-aimée.

Il y a quelques années, au temps où les prêtres pouvaient partir en vacances sans révolutionner le diocèse entier pour trouver un remplaçant, j'ai passé en Normandie deux semaines de retraite. Là, sur une plage, j'ai ramassé un galet présentant sur sa face intérieure – la face extérieure étant toujours lisse – une fente grumeleuse et translucide, étroite aux extrémités, large et torturée au centre. Lorsque j'ai trouvé ce caillou, ou plutôt lorsqu'il est apparu sous ma paume, la blessant légèrement par une aspérité cachée, je l'ai tenu d'abord horizontalement, et il m'a charmé : j'avais dans la main un sourire minéral, mystérieux, profond, changeant de couleur avec le passage d'un nuage, révélant ses cavités et ses dentelles avec autant d'innocence que les bouches qui devant moi s'ouvrent lorsque je leur présente l'hostie. « Le sourire de Dieu », ai-je pensé, ému, en reprenant ma déambulation en bord de vagues. De retour chez moi, je l'ai posé devant l'icône de la Vierge, où, chaque soir, il s'allume des lueurs diffusées par la veilleuse de cire rouge.

Peu après la disparition de Sophie, il y a quelques semaines, j'ai éprouvé le besoin de chauffer le sourire dans ma main, pour me donner du courage. Lorsque j'ai desserré les doigts, la pierre se tenait verticalement dans ma paume. Soudain j'ai compris que j'avais en main ce qui m'était, jusque-là, resté inaccessible : un sexe de femme, avec ses tumescences rosâtres, ses replis, ses dentelles fragiles, un sexe que je pouvais caresser, lécher, car, si mon doigt était trop gros pour s'y introduire, ma langue, elle, s'y frayait un début de chemin et en chauffait les bords découpés et arrondis par les vagues comme une frise gothique patinée par le temps.

Si je m'attarde sur cette pierre, c'est qu'elle me parle aujourd'hui de Sophie et d'une période de ma vie qui ressemblait au Royaume de Dieu sur terre. Par contraste, l'apparition du chien errant sur l'autoroute résume à elle seule, telle qu'en le psaume 22, l'épouvante des oubliés de Dieu : « Je suis comme l'eau qui s'écoule et tous mes os se disloquent ; mon cœur est pareil à la cire, il fond au milieu de mes viscères ; mon palais est sec comme un tesson, et ma langue collée à la mâchoire... »

Ce chien doit être mort et décomposé, maintenant, quelque part au bord de la route. Il me semble que la mort a dû être l'unique issue à tant de désespoir, à une solitude aussi poignante, inaccessible à tous. Car aucun de nous n'a pu l'aider.

Il y avait trois ou quatre personnes, cinq peut-être si je compte la grosse fille qui m'a saisi le bras avec violence, au moment où le chien a traversé. Je crois qu'elle ne s'est même pas aperçue de son geste. Peut-être pensait-elle, elle aussi, à la mort inévitable de cette bête. Ni elle ni moi, semble-t-il, n'avons imaginé l'épouvantable accident que ce chien risquait de causer en zigzaguant de la sorte entre les voitures. Comme si la mort d'un animal pesait plus lourd que celle d'un ou deux humains. Il est vrai que les cadavres m'ont toujours paru plus légers que l'homme ou la femme vivants, tandis qu'une dépouille d'animal, dans son abandon sans apprêt, me semble, à vue d'œil, d'un poids indicible. Non que j'aie porté des morts. Mais j'en ai vu tant, paroissiens de tous âges et de tous acabits. Ils étaient, dans la mort, légers, presque insignifiants, en tout cas parfaitement inintéressants : un paquet privé de son contenu, une enveloppe sans message. Même celle qui avait, de son vivant, une poitrine si riche que j'en avais la nausée lorsqu'elle me pressait contre elle, oui, même ma mère m'a paru, sur son lit de mort, évidée, et le sillon soudain creusé entre ses seins en faisait deux choses enfin séparées, que j'imaginais creuses, et sonores, si l'occasion m'avait été donnée de les saisir et de les agiter à la manière des clochettes de l'Elévation. Les humains adultes semblent s'alléger dans la mort, devenir transparents, et rien que ce fait, d'observation courante, suffirait à plaider en faveur de l'existence de l'âme : si le poids d'un mort diffère si visiblement de celui d'un vivant, n'est-ce pas que quelque chose s'est enfui, qui confiait au corps toute sa pesanteur ?

Que pèse une âme d'homme ? « Mon fardeau est léger », disait le Christ. L'âme des bêtes – je ne doute pas, malgré l'enseignement de l'Eglise, que les bêtes aient une âme –, l'âme des bêtes est légère comme celle du Christ, comme celle des enfants l'est aussi, dans une certaine mesure, bien éphémère, qui dure ce que dure l'enfance : une âme uniquement attachée à l'instant. Les enfants comme les bêtes pèsent lourd dans la mort. Le petit Lucas, de chez Fauvil, malgré sa maigreur, était de plomb. Je le sais, je l'ai soulevé à la demande de sa mère, pour qu'elle place derrière lui un oreiller de dentelle. Il était lourd, comme si le mouvement qui était son essence, cette énergie toujours prête à s'envoler, à courir, à se donner au premier venu, fauchée d'un coup par les roues d'un chauffard, avait, en disparaissant, rendu le corps de l'enfant à la pesanteur. Une pesanteur qui, dans la vie, vient aux garçons – je m'en souviens bien – avec leur première masturbation, et aux filles, je suppose, avec leurs règles, et qui ne serait donc peut-être pas le fruit de l'âme, mais du sexe – à moins que ce ne soit la même chose. Oui, sans doute est-ce la même chose, ce qui expliquerait que les amants, dit-on, se sentent si lourds après l'amour. Peut-être la mort des bêtes et des enfants est-elle une petite mort, parce qu'ils ne résistent pas, pas plus que je ne résiste, moi, lorsque je sens monter la prière. « L'Esprit intercédera pour vous avec des gémissements ineffables. » La mort de l'homme qui prie le saisit tout entier, d'un seul mouvement.

Sophie m'a pris tout entier, dès sa première apparition. C'était un matin de janvier, on coupait, devant l'église Saint-Roch, les vieux saules têtards. Elle a surgi derrière moi, qui contemplais le massacre, et m'a dit, vivement : « Pourquoi coupe-t-on les saules, monsieur l'abbé ? » Je ne l'avais jamais vue. Elle était un peu plus grande que moi, et nettement plus jeune, avec un visage aux pommettes hautes, aux yeux bruns légèrement bridés qui lui donnaient l'air rieur. Pourtant, sa désolation était évidente : sa voix s'était étranglée en disant « monsieur l'abbé ». Les ouvriers communaux ont continué leur travail sans broncher, le bruit de la scie les isolait de nous.

« Ils sont vieux... » ai-je dit, vaguement irrité,

conscient de la souffrance qu'éveillait en moi la question de la femme : moi aussi j'aimais ces arbres, et moi aussi j'étais tassé par l'âge. « Même s'ils tombaient, ils ne feraient de mal à personne, a dit vivement la femme, ils sont trop petits... Par contre, leur lumière, vous ne retrouverez jamais leur lumière... Vous voyez ? » Je voyais. Cette lumière dorée, souple, soyeuse, que confère à l'herbe, aux pierres, à l'air même, un rayon de soleil dans le feuillage des saules têtards, cette lumière basse, triomphante par son humilité même, humaine par sa tendresse, aucun autre arbre ne l'autoriserait. Mais nous étions debout dans l'hiver, la lumière des saules n'était qu'un souvenir, une nostalgie dont le temps et la plantation de peupliers décidée par la commune auraient bientôt raison. « Des peupliers ? a dit la femme... Ces grandes choses hautaines, qui promènent leur feuillage inaccessible, pour le seul plaisir du ciel ? » Je me suis tu, surpris par le mépris dont elle teintait son allusion au ciel. Ses pommettes étaient rouges, ses yeux brillaient. J'ai eu le sentiment qu'elle parlait de la lumière des saules comme on évoque un amour qui se termine, un pays que l'on quitte, une rive que l'on abandonne pour passer de l'autre côté. Je crus qu'elle attendait de moi une parole qui la transporterait sur l'autre bord. C'était mon rôle après tout, mon devoir de prêtre. J'ai dit alors : « La lumière viendra de plus haut, et ce sera très beau... Le bruit des feuilles de peupliers, des pièces de monnaie, une monnaie de soie craquante, pouvez-vous l'imaginer ? » Elle n'avait pas l'air convaincu. Son regard pleurait encore les saules, la lumière défunte, emportée par l'hiver, et les promesses de feuillage livrées à l'acharnement des ouvriers. Elle fixait l'entaille profonde, irrémédiable, que la scie imprimait à chaque arbre, séparant la couronne du tronc, puis débitant sur pied l'arbre mutilé. J'ai ajouté: « Les peupliers poussent vite... » « Personne n'aura envie de se coucher dans cette nouvelle lumière », a répliqué la femme. « Se coucher ». Il y avait, en été, des gens qui se couchaient sous les saules, le dimanche après-midi, tant l'endroit, avec son herbe douce, était propice à la sieste. C'était, en somme, une sorte de parc public, dans lequel, au crépuscule, lorsque je m'asseyais un instant sur l'unique banc, je voyais voguer des amoureux comme des nefs fragiles prises dans le sillage de l'église. Néanmoins, jamais l'expression « se coucher » ne m'était apparue avec tant d'évidence. J'ai compris tout à coup que nous, les prêtres, nous ne nous couchons que pour dormir ou pour mourir.

« Nous marcherons, ai-je dit alors, nous marcherons dans la nouvelle lumière », et il me semblait, en proférant ces paroles, que cette femme avait désespérément besoin qu'on la redresse, qu'on l'aide à retrouver une verticalité non seulement métaphysique, mais physique, tout simplement. Elle se tenait, en effet, assez mal, légèrement voûtée, comme repliée autour d'une douleur qui aurait eu son siège au centre de la poitrine. Sans s'en rendre compte, elle mimait, par son attitude, celle des saules que l'on entaillait par le milieu et qui se penchaient doucement, mourant avec la discrétion des êtres proches de la terre.

Pour la divertir, je lui racontai la légende de saint Roch, dont l'invocation, autrefois, préservait de la peste. Ce pèlerin du quatorzième siècle, après avoir miraculeusement guéri des pestiférés sur le chemin de Rome, fut lui-même atteint et s'isola dans une forêt, où un ange veilla à sa guérison et un chien lui porta du pain chaque jour. Plus tard, ayant repris la route, il fut arrêté comme espion et mourut en prison. La jeune femme sembla très frappée par la fin misérable de cet élu de Dieu. Elle voulut visiter l'église qui lui était consacrée. Elle me dit qu'elle avait parfois essayé d'en pousser la porte, la trouvant fermée chaque fois. J'en déduisis qu'elle n'allait pas à la messe, qui est le seul moment de la semaine où l'édifice s'ouvre à tous. Je sortis les clefs de ma poche. J'expliquai que l'église, de style roman comme elle pouvait le constater, renfermait quelques trésors, dont une statue en bois polychrome représentant saint Roch et son chien, de facture simple mais d'un âge aussi vénérable que les stucs qui ornaient l'autel de leurs volutes baroques. Ces ajouts postérieurs à la construction avaient échappé, grâce à ma vigilance, au décapage en vogue. La plupart des églises du pays, en effet, ont été privées, sous prétexte de retour à la pureté primitive, de ces ornements dix-huitième, qui traînent, pourrissant, dans les sacristies ou les tours, quand ils n'ont pas été volés par des architectes-restaurateurs indélicats qui en garnissent leur salon ou leur cage d'escalier.

Quand la lourde porte se referma sur ses gonds huilés par mes soins, il fit froid. La femme s'avança comme si elle avait été seule. Je fis ma génuflexion derrière elle, qui me cachait l'autel. Elle resta droite, n'accordant aucun signe à la divinité. Puis elle pivota lentement sur elle-même, les yeux grand ouverts, embrassant l'édifice dans ses moindres détails, absorbée par la tâche de regarder. L'ombre et la lumière, selon que Sophie se tournait vers les vitraux ou le sol dallé de noir bleuté, lui tenaient lieu d'expression. Ce faisant, elle m'excluait de sa vision, à moins que je n'aie été qu'un élément du décor, le plus anachronique, avec mon vêtement laïc, mes cheveux coupés très courts, et le masque impassible qui me tient lieu de visage. Oui, face aux zones claires ou sombres qui sculptaient le corps de cette femme, je me suis senti tout à coup très plat, une dalle de pierre, un paravent de bois. Par contraste, la statue représentant saint Roch me parut soudain rayonner d'une joie enfantine, sans cesser de désigner d'une main son genou dévoré par la lèpre, de tenir de l'autre son bâton de pèlerin, tandis qu'à ses pieds le chien envoyé par Dieu se mettait à sourire, le petit pain dans la gueule. Le chien... J'étais cet être naïf et bon, frétillant à l'idée de sauver mon prochain, j'apportais à autrui des paroles nourrissantes, à la mie fine, à la croûte dorée, et une fois de plus, avec cette femme, je n'avais pas failli à mon devoir.

Mais aujourd'hui le chien projette ses muscles en feu et son souffle déchiré au long d'une route nue, dans un vacarme d'apocalypse. « *Eli, Eli, lema sabachtani...* Mon Dieu, mon Dieu, pourquoi m'as-tu abandonné ? »

Nous nous sommes revus. Non à la messe, où elle ne vint jamais, mais à la bibliothèque paroissiale qui ouvre le dimanche matin de dix heures à midi, dans le presbytère attenant à l'église, vaste maison datant du dix-huitième aux murs de briques ornés de chaînages de pierre. J'y occupe un étage, qui comprend également une salle de réunion, tandis que le rez-de-chaussée est consacré aux livres. Vers onze heures trente, après avoir dit la messe et salué les paroissiens sur le parvis, j'y passe souvent un quart d'heure, à flâner plus qu'à fouiner. J'y retrouve une autre partie de mes ouailles, pratiquants peu assidus, que le prétexte d'un livre à rendre ou à emprunter suffit à éloigner de l'autel, ainsi que d'autres gens du village, qui ont depuis longtemps relégué l'église au rang de monument historique mais continuent à fréquenter le temple de la lecture qui prospère sous son ombre.

Sophie devait être de ceux-là. Je la revis un dimanche, peu après le massacre des saules. Le temps était froid et sec, on était au début de mars. J'expédiai avec bonhomie les deux ou trois paroissiennes qui tentaient de m'entraîner dans l'habituel bavardage dominical, et entrai dans la cure sans jeter un regard aux habitués de la bibliothèque. Je me changeai, et ressortis vêtu de ma vieille veste de travail et muni d'une fourche. Dehors, je me mis à rassembler les débris laissés par les ouvriers communaux, et en fis un tas aussi haut que moi, une architecture de brindilles et d'air, qui se mit à flamber aussi joyeusement que mannequin de paille en carême.

Au moment où la flamme était la plus haute passa cette femme. Elle avait les bras chargés de livres, comme on revient du marché, non pas un ou deux, glissés sous le coude ou tenus dans une main, mais une moisson, que sa marche rapide menaçait d'écroulement. Elle me vit, à travers l'écran léger de fumée, à travers les flammes qui s'étiraient très haut et devaient donner l'impression que je me trouvais, miraculeusement indemne, dans une cage en forme de brasier. « Ah ! dit-elle, vous êtes là ! » comme si elle m'avait cherché. Elle se tint immobile un instant, attentive. Puis elle désigna d'un geste du menton son chargement de livres : « Ma messe à moi... » dit-elle simplement. Au ton de sa voix, léger et grave à la fois, j'eus l'impression subite que cette messe-là réduisait à rien l'autre. Je posai ma fourche, avançai de quelques pas en contournant le feu. « Je suis Sophie », cria la femme en reculant, comme si l'énonciation de son prénom pouvait élever entre elle et moi, en guise de bouclier, un autre buisson ardent.

Désormais, je vis Sophie tous les dimanches. Tous les dimanches, après la messe, il y avait une autre messe : l'apercevoir entre les rayons de la bibliothèque, lui adresser quelques mots au comptoir, sous les yeux de la préposée, sortir ensemble, faire quelques pas, se quitter enfin, parce qu'il le fallait. Mais il y avait, chaque fois, une liturgie, tel ou tel extrait de livre, qu'elle recopiait de semaine en semaine dans un petit carnet qui ne la quittait pas. Le carnet avait une couverture à carreaux, et des pages faites d'un papier bon marché, presque gris. Mais, quand Sophie le sortait de son sac pour m'en lire quelques passages, il m'apparaissait plus précieux qu'un reliquaire d'or et d'argent, plus indispensable que la Bible monumentale reliée de cuir filigrané qui, dans l'église, repose sur un lutrin de bois doré. Le lutrin a la forme d'un aigle aux ailes déployées, il date du dix-huitième siècle, encore un de ces objets qui justifient que l'on ferme l'édifice en dehors des heures de messe. Quand Sophie lisait à haute voix dans son petit carnet bon marché, elle se redressait, son dos était aussi droit que celui d'une cavalière, quant à ses mains ouvertes, elles me faisaient penser aux ailes de l'aigle, elles en avaient l'élégance et la force, prêtes à l'envol et cependant consentantes au geste de présenter, comme une offrande, la Parole.

Dans le petit carnet, il y eut, un jour, l'histoire

d'un bébé, une petite fille juive, qu'un soldat jetait contre les barbelés électrifiés d'un camp de concentration. L'enfant s'appelait Magda, et je me souviens de ces mots : « Magda nageait à travers les airs... On aurait dit un papillon touchant une vigne d'argent. » « Cynthia Ozik », avait dit Sophie gravement, en relevant la tête, « une juive américaine. » Je me souviens avoir pensé que seule une femme, en effet, et une juive, était capable d'employer de telles images pour décrire ce qui m'apparut alors comme le récit inversé de la Crucifixion. Je compris que la femme qui avait écrit cette liturgie du génocide était comme Marie-Madeleine se précipitant au tombeau les bras chargés d'onguents parfumés : au lieu de nous détourner des Enfers, elle nous y faisait entrer avec amour, nous obligeant à prendre en nous cette lumière noire comme on absorbe, couché sur l'herbe un jour d'été, l'innocent éclat des saules.

Il y eut l'histoire de Magda. Il y eut d'autres liturgies, poignantes ou apaisantes, selon les jours. Je me souviens d'un texte de Kafka – un rêve sans doute, car cela se passait dans une grotte où le jour ne pouvait pénétrer et où, cependant, tout était baigné d'une clarté très pure. Le texte commençait par : « Je ramais sur un lac... » Cela parlait du silence, et d'un rameur dont tout l'effort consistait à tenter d'absorber ce silence qui était comme un fruit nourrissant. Jusqu'à ce jour, j'ignorais que Kafka eût produit un seul texte serein.

Depuis lors, chaque fois qu'à la messe l'un ou l'autre de mes paroissiens commente, comme cela se fait de nos jours, les textes lus en chaire, chaque fois qu'une voix mal posée glose l'Evangile en y mêlant la politique gouvernementale à l'égard des réfugiés politiques, la polémique concernant l'avortement ou la remise de la dette du tiers-monde, je pense au silence de Kafka, nourrissant comme un fruit. Et lorsque je laisse mon regard parcourir – dans cette église que la Commission de restauration a remplie de projecteurs pour en souligner les merveilles – les visages en pleine lumière de mes paroissiens, exposés aux regards, et comme tels entachés, jusque dans la prière, d'une légère suffisance, je me prends à regretter la grotte du rêve de Kafka, et l'époque où les voûtes romanes laissaient passer si peu de jour que l'on pouvait, littéralement, « s'abîmer » dans la prière, les larmes coulant sur le visage, les yeux fermés au reste du monde, la bouche ouverte, parfois, sur un cri muet. « Mais toi, ne sois pas loin, ô ma force, vite, à mon aide ! »

Un chien. Un chien abandonné. L'abandon est une étrange chose. Lorsque le visage aimé est présent, on voudrait le chasser : il est de trop, il vous fait sentir votre absurde dépendance, et que Dieu n'est pas tout. Ou plutôt que ce que vous croyiez être Dieu n'est pas tout, mais que le Tout existe, et que c'est ce visage précis qui vous le révèle, un visage de femme, un visage interdit. Lorsque le visage aimé disparaît, on voudrait en reprendre possession, le manger du regard, l'incorporer comme une hostie, boire à nouveau à sa source sacramentelle.

Je vis Sophie tous les dimanches, une année durant. En dehors des textes copiés dans le petit carnet, je ne savais rien d'elle. Nos rapports étaient purement littéraires, c'est-à-dire purement liturgiques. Sans doute le voulait-elle, comme moi, afin de préserver une relation qui aurait pu, de la sorte, durer infiniment. L'infini eut la durée d'une saison sans arbres. Dès la plantation, l'hiver suivant, des jeunes peupliers, Sophie disparut. Je me dis qu'elle devait être grippée, ou retenue par une obligation familiale. Dans mon imagination, elle vivait seule, comme moi, et n'avait pour toute famille telle ou telle vieille tante avec laquelle elle devait prendre le thé comme je rends visite aux malades.

Elle ne vint pas le dimanche suivant. Le troisième dimanche, l'angoisse me tenailla à tel point que j'osai demander sa fiche à la préposée de la bibliothèque, en mentionnant le prénom de Sophie et son aspect physique. Aucune fiche ne fut retrouvée. Il est vrai que différents bénévoles se succédaient de semaine en semaine au comptoir de la bibliothèque, rendant presque impossible toute identification. De plus, comme Sophie n'apparaissait jamais à la messe, elle n'était connue de personne en particulier. Elle ne venait même pas au village, du moins ne l'avais-je jamais rencontrée chez l'épicier ou le libraire. Seul l'attrait de notre bibliothèque – très bien fournie, il est vrai – semblait justifier ses déplacements.

Elle ne vint plus, et je me mis à prier. Qu'elle revienne. Qu'elle ouvre encore pour moi le lutrin de ses mains. Qu'elle baisse encore ses yeux sur le mystère des caractères griffonnés dans le petit carnet. Qu'elle se tienne droite, enfin, comme les livres le lui avaient appris, droite pour lire les textes où nul Dieu ne parlait jamais, simplement des hommes et des femmes, l'horreur ou le silence. « Sophie, Sophie, pourquoi m'as-tu abandonné ? »

Puis je cessai de prier, et, au lieu de cela, je pris ma voiture chaque dimanche après la messe, et je m'en fus visiter d'autres bibliothèques paroissiales.

Ma recherche s'étendit bientôt à la semaine et aux bibliothèques communales, selon le hasard de mes déplacements pastoraux. Je sillonnai toute la province, et, ce faisant, je me remis à prier, mais autrement : non pour que Sophie revienne, mais pour que Dieu m'indique mon nom, ma place sur terre, comme il l'avait fait pour Jacob. Qu'il me révèle son visage !

Et puis, lundi dernier, sur l'autoroute, ce chien abandonné. Et cette poignée d'hommes et de femmes commentant, éperdus, sa course folle. Que voulait donc cette grosse enfant qui m'a saisi le bras lorsque la bête a traversé, cette jeune fille enflée comme un chérubin ? Sa pression sur mon bras, à en hurler de douleur, une intimité violente, aussitôt disparue : tout ce qui me reste du monde de la femme. Autour, la rumeur des voitures, aussi absurde que, dans mon église modernisée, le grésillement des micros répercutant les gloses verbeuses des paroissiens, leurs intentions ciblées « pour la misère du monde, pour notre Saint Père le Pape, pour la paix dans l'Eglise ». Et le visage de Dieu parmi eux, le voici : une vieille bête folle, un chien privé du regard qui l'a illuminé, saint Roch sans pain ni eau, abandonné par l'ange.

La réincarnation est une réalité, sinon spirituelle, du moins psychique : notre vie n'est qu'une suite d'incarnations successives, et celle qui s'est présentée, avec l'irruption de ce chien dans mon champ de vision, lundi dernier sur l'autoroute, me réserve sans doute mon lot d'émerveillements et de douleurs, comme celles qui l'ont précédée. Peut-être irai-je seul, désormais, comme ce chien, seul contre la mort qui me frôle, avec cette violence aveugle dans la course qui définit la vieillesse bien mieux que les images d'acceptation sereine. Car à mon âge, on a suffisamment médité le *Eli, Eli lema sabachtani,* pour savoir qu'il n'y a, au moment crucial, ni maître ni Dieu, ni même l'ombre de l'ange comme au début de la vie, lorsque l'on est Jacob sur le point de devenir Israël, non, il n'y a rien, aucun secours, sinon quelques humains rassemblés sur le bord de la route qui jettent à tous vents des appels dérisoires.

UN PETIT PARASOL PIQUÉ
DANS LA CRÈME FRAÎCHE

J'ai cru longtemps que tu serais comme ce chien que j'ai vu sur l'autoroute, il y a six mois environ : une bête rendue sourde et aveugle par la panique et l'abandon. Sur le moment, j'ai eu mal, et j'ai cru que c'était pour le chien. Puis j'ai pensé que je souffrais pour toi, pour ce que tu allais devenir. J'ai arrêté ma voiture. Comme j'ai crié : « Viens ! Viens ! » avec quel désespoir, quel espoir aussi, que le chien me répondrait, qu'il viendrait vers moi, se blottir dans mes bras ! Mais j'étais impuissante. Je criais, je hurlais, je pleurais. Lui, il continuait sa course folle.

Le jour du chien, je me trouvais en route vers notre rendez-vous, celui qui devait être le dernier, que j'avais baptisé, à l'avance, « rendez-vous de rupture ». J'avais mis mon imper rouge, celui que tu aimais tant. Dans ma voiture, sur l'autoroute, je pensais pour la cent millième fois qu'il fallait que je te quitte, que je me défasse de cette chose qui m'enlevait mes défenses l'une après l'autre comme on ôte des vêtements, de cette chose qui me laissait nue, et fragile : l'Immense Amour.

Chez nous, même à la belle saison, l'eau est froide. Depuis des années, je passe l'été sur la côte. Et je me baigne, tous les matins. Tous les matins, c'est la même chose : la merveille de l'eau froide. Ou plutôt : l'épreuve, d'où la merveille. Y entrer est un calvaire. Y entrer suppose une longue station, nue, dans le vent, à regarder les vagues : chaque matin, c'est la même peur, le même regard pour une masse hostile, mais si belle. Quand le vent ne veut plus de moi, je pénètre dans les vagues. Il est plus facile – ou plutôt moins difficile – de choisir un jour de tempête. Ainsi en est-il de l'Immense Amour : s'y livrerait-on s'il ne prenait l'apparence d'une sauvagerie sans nom ? Les jours de tempête, j'entre presque avec facilité. Immédiatement, le froid me saisit et mon souffle se bloque tandis que mon cœur se met à battre follement. Je crie, alors, j'agite bras et jambes, je souffre, écartelée entre la tentation de sortir de l'eau et le désir de nager plus avant afin de connaître, une fois de plus, le passage : ce moment bref où l'ivresse devient réelle, où la circulation du sang, avivée, vous propulse en un état proche de l'exaltation. Mais bientôt la drogue du froid commence à faire son effet. Un bien-être s'installe, si puissant qu'on pourrait en mourir, se laisser, indéfiniment, lancer et rejeter par les vagues jusqu'à l'épuisement final. Le tout est d'en sortir à temps. Et ce moment est aussi difficile à déterminer que, pour un buveur, le moment de cesser de boire. Trop tôt, on ne parvient pas à l'ivresse, et on émerge, ruisselant, avec le sentiment d'avoir gâché sa journée. Trop tard, l'hypothermie vous guette et vous tient frissonnant malgré les douches chaudes et le café brûlant. Oui, quand le froid est dans les os, il est trop tard. L'excitation est tuée, ne reste que le désir misérable de se chauffer tout le jour.

Voilà pourquoi j'allais, ce jour-là, le jour du chien, vers un rendez-vous que j'avais baptisé « de rupture », comme on sort d'une eau froide qui, en vous fouettant le sang, vous a donné toute sa force et n'attend qu'un moment de plus pour vous distiller sa puissance d'engourdissement. J'ai la science des moments. Les hommes, semble-t-il, ne l'ont pas, je dois toujours l'avoir pour eux.

Toi, tu as été vers ce rendez-vous, j'en suis sûre, aussi confiant que tu entres dans ton bain. Du moins est-ce l'idée que je m'en fais, peut-être pour me rassurer quant à mon propre héroïsme : c'est souvent la seule chose qui me reste lorsqu'une histoire se termine et que je m'efforce d'en sortir. Il faut quitter un amour tant qu'il vous rue encore dans le sang. Après, c'est trop tard, et rien n'en reste qu'un froid intense et une tristesse de damné.

Quand j'ai vu ce chien, j'ai pensé à toi, à ce que tu deviendrais lorsque j'aurais prononcé les paroles de rupture comme on sort, sans regarder derrière soi, d'une eau glacée devenue drogue, devenue fouet, devenue rire dans le sang. Tu te mettrais à courir, abandonné, tu courrais au-devant de la mort, aveugle et sourd, la douleur te martelant les tempes, te voilant le regard.

En réalité, tu n'as rien fait de tout cela. Le chien l'a fait, et moi, peut-être. Moi qui abandonnais, je devenais abandonnée. C'est ainsi.

J'ai cherché dans l'iconographie des représentations pouvant se rapprocher de cette vision du chien sur l'autoroute. Je n'ai rien trouvé dans les livres que tu m'as offerts depuis que tu as obtenu cette place de bibliothécaire au musée d'Art moderne. Ou plutôt si : un tableau de Frida Kalho représentant un faon debout, courant, percé de flèches. Bien qu'il ne s'agisse pas du même animal et que la blessure soit visible, le sang coulant abondamment des plaies, l'attitude est comparable : rester debout dans un état d'extrême détresse, courir au seuil de la mort. « Mourir en courant » me semble également la caractéristique des animaux représentés par les peintures rupestres. A la réflexion, le chien de l'autoroute se rapprocherait plutôt de ce gibier traqué dont toute la beauté et la force se révèle au moment de la mort. La vision que j'en conserve est aussi emblématique qu'une peinture rupestre : elle a valeur d'exorcisme, et de prière.

Courons, courons, pour échapper à l'Immense Amour.

J'ai trop pleuré dans tes bras, pleuré stupidement, le cœur fendu par la soudaine révélation que j'étais une victime magnifique, digne d'un film d'amour grand public, beau à rafler tous les oscars. L'orgasme, et puis les larmes. Je ne savais pas que j'en avais tant, une provision inépuisable. J'ignorais d'où elles venaient. En voyant le chien, je l'ai su. Quelqu'un m'a abandonnée, autrefois. Depuis, j'abandonne tout le monde.

La jouissance, elle, était toujours au rendez-vous, une explosion en technicolor, exactement quand nous le voulions. Nous pouvions l'obtenir d'un coup, debout contre un mur, vêtements retroussés. Ou la retarder de quart d'heure en quart d'heure, sur un lit de plus en plus défait. Il suffisait de suspendre l'action douce des mains, des langues, des sexes, l'action insidieuse, progressive. Suspendre, se retirer, puis se reprendre, et ainsi, de palier en palier, quelque chose d'immense prenait place en moi, un bouillonnement qui atteignait toutes les extrémités du corps, tétanisant les doigts, les pieds, réduisant le souffle à rien, à l'apnée, au fond de la mer, là où tout mouvement disparaît. J'étais morte. Et sur le point de ressusciter. Gonflée comme un bourgeon une seconde avant son éclatement. Un printemps filmé en accéléré, tous les tombeaux s'ouvrant au cri de l'ange, un barrage mis en pièces d'un seul coup, une bombe détruisant une ville, ses remparts, les murs de ses maisons, les cloisons entre les pièces, les tiroirs à l'intérieur des meubles, pulvérisant les objets les plus chers, bijoux, fleurs séchées, parfums, noircissant les photos, consumant lettres et livres, réduisant tout à l'état de parchemin, de papier s'effritant au moindre geste, de feuille morte tombant en poussière au simple écho d'une voix.

Ta voix s'élevait dans les décombres. Dans un silence absolu, dans l'absolue immobilité de ma chair après la résurrection, tu disais quelques mots. J'étais si nue, alors, l'âme tellement à fleur de peau, que mes larmes jaillissaient à flot, et dans leur sillage s'écoulait encore un peu de ces murs, cloisons, bijoux et lettres, les dernières cendres. Plus rien ne me protégeait ni ne me limitait du dedans, j'étais un espace vide où soufflait ta voix comme l'Esprit sur les eaux au premier jour de la création.

Cela ne pouvait durer. A moins d'être Dieu, on ne reproduit pas impunément la création du monde une fois par semaine.

Je tentais d'élever des remparts : je t'interrogeais. J'exigeais que tu décrives, exactement, tes sensations, pour que j'en sois le témoin autant que la source. Mais tu préférais agir en silence. Tu me disais, simplement, que j'étais étroite, et que tu aimais cela. Un jour, ton visage s'est rétréci comme celui d'un enfant qui a mal, et tu as gémi doucement : « Je suis une toute petite chose.... » J'ai su alors que tu étais, toi aussi, parvenu au fond de toi-même, un soleil dans un puits, qui tremblait à la surface d'une eau très noire.

J'ai eu peur. « Qu'est-ce que j'ai de spécial ? » ai-je dit, en me détachant de toi. A ce moment-là, mon regard a rencontré, par hasard, mon image dans le miroir qui nous faisait face. Je me suis vue au naturel, sans préméditation, je me suis surprise dans une expression décidée et fragile à la fois qui m'a coupé le souffle, m'a pétrifiée d'admiration. Soudain, je me découvrais telle que tu me voyais. J'ai compris, alors, pourquoi tu ne supportais pas que je m'éloigne, et pourquoi je t'obéissais. A cause de l'Immense Amour, mon regard était devenu le tien, je tombais amoureuse de moi-même.

Après avoir vu le chien, j'étais si bouleversée que j'ai voulu me livrer tout entière à cette émotion, ou plutôt il m'a semblé que quelque chose d'aussi objectivement banal qu'un amour qui se termine ne pouvait trouver place dans les heures qui suivaient l'atroce course de ce chien. Mon cerveau était en proie à une tempête immense. Il m'a semblé que, si je parvenais à rester seule dans ce tourment en le laissant peu à peu s'épuiser, quelque chose subsisterait qui serait de l'ordre de la révélation. Alors, au lieu de te retrouver au bistrot habituel pour notre rendez-vous de rupture, je suis allée au cinéma. Je n'ai rien compris, le film m'a paru inepte. J'étais devant l'écran pour laisser toute sa place à la tempête, pour être dans le noir, tout simplement, entourée de personnes préoccupées d'autre chose que de moi, pour que l'illusion supérieure des images me libère de ton influence, de ton attention de tous les instants à mon égard, de ta pensée qui colonisait insidieusement toutes mes fibres, à toute heure du jour. Je voulais me livrer au pouvoir de ce que le chien avait éveillé en moi, trouver le noyau dur du désespoir qui m'avait saisie, et que, dans un premier temps, j'avais attribué au moment que je vivais, celui d'un amour qui se termine.

J'ai quitté le cinéma avant la fin du film, sans avoir trouvé le noyau dur, ni la réponse à la question : d'où vient mon désespoir ? Simplement cette phrase : un jour, j'ai été abandonnée. Aucun souvenir cependant ne se rattachait à cette phrase, rien de concret, sinon la conscience que tu avais dû m'attendre très longtemps au lieu de rendez-vous. Tu avais dû boire deux bières, au moins, avant de partir malheureux ou furieux. Furieux, je crois, cela te convient mieux, c'est comme ça que tu m'as regagnée tant de fois, mais maintenant je n'ai que faire de ta fureur. Aucun souvenir, donc, sinon, après avoir épuisé les supputations au sujet de ton désespoir, un fait qui m'est revenu alors que je me dirigeais vers ma voiture garée à deux cents mètres du cinéma. Il avait commencé à pleuvoir, une pluie fine qui faisait paraître plus jaune l'éclairage public et plus sombres les façades. Tout à coup, alors que je m'apprêtais à traverser rapidement une rue en regardant clignoter le petit bonhomme du feu, une lueur s'est faite en moi, clignotante elle aussi, comme un signal de danger. Et cette lueur a pris la forme non d'un souvenir mais d'un fait objectif qui m'a été rapporté par ma mère elle-même : souffrant de dépression après ma naissance, elle avait engagé une nourrice hollandaise nommée Lieve, qui s'occupa de moi avec, paraît-il, une abnégation sans bornes. Lorsque Lieve nous quitta brusquement pour soigner son propre frère, victime d'un accident de la route, j'étais âgée de neuf mois. Etre privée d'une nourrice du jour au lendemain, fût-on un petit enfant sans mémoire, voilà qui, à la réflexion, peut être considéré comme un abandon, à tout le moins comme un accident de parcours digne d'attention si l'on considère que j'en ai, par la suite, reproduit avec fruit le mécanisme, déployant une aptitude remarquable à abandonner quelque chose ou quelqu'un, le moment venu, sans regarder en arrière. « Nécessité fait loi » est une de mes règles de vie. La nécessité étant, en ce qui me concerne, non pas extérieure à moi-même, comme pouvait l'être pour ma nourrice la nécessité de se porter au chevet de son frère, mais intérieure : la fin d'un amour, par exemple. Dès que cette fin s'annonce, je refuse de m'abreuver à la source qui a fait mes délices. Je brûle les lettres, détruis les photos, décroche mon téléphone, disparais de la maison autant que possible. La nostalgie n'a pas de place sur ma terre. Elle est remplacée par la désolation d'un paysage nu, froid, où je vais seule, refusant de m'apitoyer sur mon sort, me répétant que je l'ai choisi, réflexion qui est censée cautériser sur le champ toutes les plaies.

J'ai choisi de te quitter. Il s'agissait d'une décision rationnelle, motivée par la hauteur des vagues, et qui ne devait être suivie, selon l'usage qui est le mien, d'aucun regret. Alors pourquoi ce choc à la vue du chien ? Pourquoi avoir pensé qu'il s'agissait de toi ? Et pourquoi cette vision me poursuit-elle encore, sans répit, accompagnée – et c'est cela qui me tue – du souvenir de tes mains, longues, soignées, posées sur mon visage, et du son de ta voix, légèrement rauque, comme perpétuellement sur le point de basculer dans un registre nouveau, idéal, inaccessible, que j'imaginais être le nôtre, l'exact mélange de ta voix et de la mienne ?

Un jour, quelqu'un m'a abandonnée. Je cherche plus loin que Lieve, plus loin que ma mère malade, je cherche au-delà de l'enfance, et je ne trouve pas.

Ce que je sais, c'est que plus personne ne me caressera comme tu me caressais, avec cette douceur, cette précision qui faisait de mon visage un résumé de mon corps tout entier. Quand tu avais mon visage entre tes mains, tu avais tout. Ton doigt dans ma bouche, ta langue dans mon oreille, c'était un coït discret mais aussi bouleversant que de faire l'amour dans un lit. Cet orgasme facial, si je puis dire, nous pouvions l'atteindre partout, dans une voiture, au fond d'un restaurant, sans attirer l'attention. D'y « travailler », lentement, clandestinement, me faisait prendre conscience, de manière aiguë, de tout ce qui m'entourait. Au lieu de me ramener au centre de moi-même, comme le faisaient les caresses corporelles, les gestes posés sur mon visage m'ouvraient au monde extérieur, avec une acuité qui me menait au bord de l'extase. Un jour que nous étions occupés dans la voiture, une loggia blanche doucement éclairée s'est détachée de l'une des façades de la place, et, littéralement, est venue vers moi, comme pour m'encourager à y loger mon esprit, qui, lorsque tu attentais à mon visage, se déplaçait à volonté dans toutes les directions. A l'instant même où tes lèvres se sont posées sur mes paupières, m'obligeant à fermer les yeux, je me suis sentie transportée dans cette vitrine délicate, aux boiseries claires tranchant agréablement sur la grisaille des immeubles, et là j'ai brûlé, quelques minutes durant, d'un éclat feutré de lampe.

Il y a eu un malentendu. Tu as dit et répété que tu m'aimais plus que je ne t'aimais. Que je me laissais aimer, que je me protégeais des émotions fortes, tandis que toi... toujours en chasse, en transe, pétri d'espoir et de désespoir... Rien de tout cela n'est vrai : je le sais depuis que j'ai vu le chien sur l'autoroute. Je suis ce chien, et tu en es le maître. J'ai pleuré pour ce chien. Quelle bêtise ! La pitié ou l'envers du désespoir. Les sentiments édifiants pour masquer le carnage. Un jour, quelqu'un m'a abandonnée. L'amour. L'amour vous abandonne toujours, ne fût-ce qu'un court instant. Non, il vous abandonne dès le début, au moment même de la jubilation. Là, déjà, quand le soleil se noie dans le puits, il y a, sous l'eau noire, un chien abandonné.

Moi, je voudrais serrer ce chien dans mes bras, l'arracher à la mort, lire dans ses yeux une reconnaissance éternelle. N'avoir qu'une tâche pour toute ma vie : m'occuper de lui avec toute l'attention dont je suis capable. Etre fidèle tous les jours, à travers l'acte de nourrir, de promener, de caresser, de parler à mi-voix, ou d'appeler avec force, d'exiger l'obéissance, et cela jusqu'à la mort, jusqu'à ce que les forces quittent pour de bon cet animal qui, autrefois, sur une autoroute, a tant lutté pour survivre. Oui, je voudrais être la vestale de son désespoir, en entretenir la flamme, vénérer ce corps qui s'est tant débattu, et ces muscles qui un jour faibliront. Et quand l'heure de la mort aura sonné pour ce chien, je serai celle qui, en le tenant contre moi, l'aidera à franchir le passage, et pleurera ensuite, comme je pleurais après l'amour avec toi : d'une peine gigantesque, inexplicable, qui me purifiait par le seul pouvoir de son mystère.

A la fin du film, quand les lumières se sont allumées, certains spectateurs se sont levés très vite et sont partis, le regard fixé devant eux. D'autres sont restés assis, un mouchoir sous le nez, les yeux rouges. Moi, je ne savais plus qui j'étais, comment j'allais, ni si j'avais aimé ou détesté cette histoire édifiante. Aujourd'hui encore, je ne parviens pas à savoir si je vénère ou je hais le souvenir de nos corps enlacés.

Toi, tu vas bien, je crois, le mieux possible. Je t'ai revu hier, par hasard, chez le disquaire. Nous avons été boire un café ensemble. Nous ne nous aimons plus, c'est une chose acquise, nous nous sommes avoué notre soulagement que cette histoire soit finie. Tu y as ajouté l'espoir de se revoir encore, comme les meilleurs amis du monde. « Je t'aime bien », as-tu dit, et ce sentiment, si c'en est un, semble justifier ton envie de me revoir, à l'avenir, de temps en temps, pour un cinéma, un verre. Prolonger le confort d'une complicité acquise de haute lutte, expérimenter le contact sans danger de corps qui n'ont plus rien à se dire. Ce genre de choses.

Sommes-nous sincères ou jouons-nous seulement pour la forme, comme on ajoute une formule de politesse à une lettre déjà très bien tournée ? Rien ne rassure comme les beaux sentiments. Sur ce plan-là, notre rupture fut exemplaire. Le jour du chien, je ne suis pas venue au rendez-vous que je t'avais fixé. Le lendemain, un échange de lettres a usé ce qui nous restait de résistance, et nous sommes morts, en quelques mots sublimes, sans nous revoir. Enfin hier, au café, sûrs de nous, maîtres de la situation, nous avons disposé autour de nous quelques couronnes mortuaires, ornées de belles paroles, de manifestations édifiantes de gratitude posthume. « C'était si bon », « Personne ne me comprend comme toi », « Revoyons-nous », « Oui, pourquoi pas ? » Emplâtres dérisoires. Un blessé peut-il compter sur un autre, aussi atteint que lui ?

Si seulement tu avais vu le chien, tu aurais compris. Egosille-toi. Je suis hors de portée, à moitié folle, délirant d'angoisse et de chagrin. Voilà pour l'envers. L'endroit, c'est une opération bien nette, simple en apparence, que nous prétendons, depuis peu, tenter sur nous-mêmes : remplacer l'amour par l'amitié. Curieuse greffe. De mémoire d'homme et de femme, jamais réussie. Sommes-nous des pionniers, les représentants d'une humanité nouvelle ? Hier soir, au café, tandis que je te refusais, par amitié, mes lèvres, la radio diffusait un nouveau jeu : il s'agissait de faire une déclaration d'amour à une poubelle. « O poubelle, tes formes galbées... l'ivresse puisée dans tes flancs débordants... » Toi, rendu sourd par ma présence, tu étais en train, justement, d'ouvrir les mains : entre elles il y avait la largeur de mes hanches, exactement, et tes doigts écartés gardaient la mesure de ma chair avec tant de ferveur qu'assise en face de toi, séparée de toi par une table de formica et la carte des crèmes glacées, j'avais l'impression de voir, entre tes bras, mon corps dédoublé, transparent, le fantôme de l'Immense Amour. Tu as dit : « Ça... Personne, personne ne me l'ôtera. » Je te refusais mes lèvres, ma poitrine se crispait, les larmes, je les faisais tenir tranquilles en fumant une cigarette après l'autre, et voilà que, soudain, une petite voix s'est mise à sautiller en moi, gaiement iconoclaste, une voix qui chuchotait : « O Immense Amour ! Fossoyeur de ma raison, de mon humour, de ma vie même, Dépotoir à romances, Poubelle sublime et vaine... je te vomis pour les siècles des siècles ! » Soudain j'ai eu envie d'écraser ma cigarette, de te rire au visage, et de commander une de ces glaces débordantes de chocolat fondu avec un petit parasol piqué dans la crème fraîche.

À VÉLO

Cette nuit, malgré mon genou douloureux, j'ai traversé l'insomnie sereinement. Le fait mérite d'être noté. Je le dois sans doute à une araignée qui tissait son fil à quelque distance de mon lit. Il y a quelques semaines, lorsque mes jours se passaient à sillonner l'autoroute en vélo et mes nuits à chercher le sommeil, j'aurais été terrifié. « Une araignée au plafond » était ma réalité la plus intime, la plus constante, et je n'aurais pas supporté la confrontation avec l'animal en chair et en os – si l'on peut dire, s'agissant d'un insecte à ce point privé de jus et de graisse. J'en serais devenu fou, vraiment fou, à supposer que la dépression ne soit pas déjà une forme de folie. Elle est, en tout cas, comparable, dans certaines de ses manifestations, à une araignée qui tisse sa toile : lentement, avec des rémissions destinées à sécréter le fil. Sauf qu'il ne s'agit pas de fil, au contraire, plutôt d'un brouillage gigantesque des pistes, qui, s'il connaît des périodes d'accalmie, se déploie cependant avec l'inéluctabilité d'une tempête. Pédaler le long de l'autoroute quelques heures par jour, en mettant en œuvre toute l'obstination des muscles et de la volonté, ne guérit pas d'une maladie dont les symptômes sont les suivants : ne pas savoir ce que l'on veut, où aller, comment se diriger, tenter d'écraser ses pensées comme un insecte malfaisant, toucher le sol, toucher l'herbe, le pavé, ses propres souliers, mâcher longuement du pain, en circonscrire le goût (mais le goût du pain lui-même s'inscrit alors en images mentales, le mot « goût » vous dévore le cerveau, le mot « pain » l'empâte comme un monstrueux levain), rester longuement dans un bain tiède, supplier l'eau de vous sauver, de parler à vos pores, la boire, tiède et savonneuse, lécher le savon à la manière d'un antidote : en espérant vomir, se masturber obstinément, tenter de faire se redresser, comme contrepoids à la souffrance psychique, l'organe porteur d'une jouissance que l'on définit comme « sexuelle » – alors qu'elle prend sa racine dans le cerveau et se refuse obstinément lorsque le programme est saturé –, penser à ce qu'on porte, à ce qu'on mange, à ce qu'on touche ou défèque, y penser avec la force des muscles, des mandibules, des articulations, des sphincters, mettre ses pensées partout où le cerveau n'est pas, à défaut de pouvoir les contrôler, et les pousser vers la périphérie du corps, en infester jusqu'à la peau.

Quand on en est là, la simple vision d'une araignée suffit à vous damner.

L'araignée de cette nuit était belle : un corps étroit, légèrement allongé, des pattes très fines, démesurées, qui tâtaient l'air vers le bas, avec délicatesse, comme pour en mesurer le poids, la température et les courants infimes, y dessiner à l'avance le tracé de la toile, avec respect, et une sorte de conscience des bornes mystérieuses dont la vie – toute la vie, celle qui inclut la mort – est saturée. De cette danse lente, solitaire, pattes mollement confiées à la pesanteur, dépendait à long terme la capture de la proie. A court terme, c'était un fil qui allait se tirant, invisible et cependant bien réel, puisque de temps en temps l'araignée s'arrêtait, remontait ses longues pattes comme on remonte un filet de pêche, les rassemblait autour de son corps, les retroussait vers le haut, manœuvre qui eût été impossible sans la présence d'une ligne solide reliant la bête au plafond.

J'ai supposé qu'elle tenterait, en se balançant doucement, d'opérer la jonction avec le montant de mon lit, s'approchant ainsi de mon visage, le parcourant peut-être. Un instant la tentation m'a traversé de neutraliser la bête en la tuant ou en l'enfermant dans une boîte. A la réflexion, l'entreprise se révélait impossible : les araignées ont une technique de retrait aussi fulgurante que leurs manœuvres aériennes sont calculées. Et puis celle-ci était trop belle, ou plutôt je l'avais contemplée trop longtemps. J'ai préféré attendre, et observer encore, bien décidé à ne pas broncher si mon visage recueillait le poids infime de l'animal, sa caresse inquiétante. Là-dessus, je me suis endormi, indifférent aux risques de piqûre, conscient simplement de la douleur de mon genou, et imaginant qu'une araignée obstinée la provoquait souplement du dedans, à la manière d'un cœur qui bat.

Lorsque je me suis réveillé, ce matin, l'araignée était suspendue exactement au-dessus de mon visage. Il aurait suffi que je respire plus fort pour la faire se balancer, tomber peut-être sur mon front. J'y ai vu un heureux présage : j'avais apprivoisé le monstre, contribué sans doute, par la chaleur se dégageant de mon front, à modifier son point d'attache. Désormais j'étais, moi aussi, relié :

l'insaisissable se trouvait pris au filet du rayonnement de mon visage.

Je crois savoir d'où vient cette lumière : j'ai comme une bête dans mon genou, un cœur qui bat à l'endroit de la blessure. Le chien m'a blessé, ou plutôt son apparition, le long de l'autoroute. J'ai donné un coup de guidon brutal et je suis tombé de mon vélo. Ce jour-là j'y ai vu, comme en toutes choses, une occasion de mourir. C'était peut-être la plus juste, la plus propice, celle que j'attendais depuis longtemps. Mais je ne suis pas mort. J'ai, en lieu et place du néant, une blessure qui respire comme une bête. Et, pour la première fois depuis longtemps, je rassemble mes pensées.

Autrefois, rassembler mes pensées était une tâche impossible tant que je n'étais pas sur mon vélo. J'ai trouvé cette solution du vélo, des courses en vélo en solitaire sur l'autoroute, comme remède à une confusion mentale dont l'origine remonte, me semble-t-il, moins aux heures qui ont suivi mon départ d'« Hello-Fruits » qu'à l'anniversaire de Sergio, quelques jours après. C'est à ce moment-là que les repères ont manqué, quand j'ai dit à tout le monde que j'étais sans travail.

Le fait d'avoir injurié madame Loupe, la gérante d'« Hello-Fruits », m'a procuré le moment le plus jouissif de mon existence. Sans doute est-ce de là que m'est venu le courage de tirer immédiatement un trait sur toute cette période de ma vie. Une période qui, depuis que mon père m'avait laissé tomber, était faite de petits boulots plus ou moins intéressants. Quant à ma vie privée, elle se résumait à un célibat mâtiné de quelques aventures dans les coulisses des boîtes gays ou des saunas. Je ne ramenais jamais personne dans la chambre que je louais au sixième étage d'un immeuble du quartier Nord, sinon tel ou tel ami en difficulté morale ou psychologique, que mon écoute patiente et mes conseils fervents ne manquaient pas de remettre sur pied. Ce qui suivait parfois ne méritait ni le nom d'aventure ni celui de liaison amoureuse. Des passades, tout au plus.

« Vous vous engraissez à mes dépens depuis trop longtemps », avais-je dit en considérant ma patronne de bas en haut. Grasse, madame Loupe l'était de jour en jour un peu plus, avec son visage aux bajoues molles, ses jambes variqueuses, ses bras battoirs terminés par des mains aux doigts boudinés comme on en voit aux bouchères de bande dessinée. Pourtant, elle ne vendait que des fruits, en corbeilles, en paniers, en montages sophistiqués que je réalisais sur commande, avec une ingéniosité que je persiste à croire sans pareille. « Regardez-vous ! » avais-je ajouté en désignant du menton son ventre, puis son visage, « Une poire sur une pomme ! De bons gros fruits, madame Loupe, mais pourris à l'intérieur, pourris, pourris, pourris ! » Toute ma haine avait giclé dans ces mots, tandis que je vrillais dans ses yeux, qu'elle avait petits et ronds, mon regard rendu assassin par des mois d'humiliation.

Cela avait commencé par des remarques sur ma manière de m'habiller. D'abord, elle n'aimait pas mes bijoux, les bijoux faits par Laura, la broche au petit saphir, la boucle d'oreille d'argent torsadé, la chaîne terminée par des clous à la pointe aplatie en spatule. Ni la chemise indienne en coton transparent que je porte sur ma peau nue. Peut-être n'aimait-elle pas, tout simplement, les homosexuels, ou du moins ceux qui sont, comme moi, typés, aisément repérables. Je crois qu'elle n'aurait pas été contre un mâle en cuir et moustaches, comme Sergio. Ou qu'elle n'aurait pas désavoué le regard lumineux d'Ignace, sa calvitie précoce, ses vêtements de bonne coupe. Mais Ignace ni Sergio n'auraient pu faire, avec une bouteille de champagne et des fruits, ananas, kiwis, figues et mangues, kakis, grenades, poires et bananes, pommes et raisins, selon la saison et la mode, ces montages délirants ou distingués, selon le client, la commande : pour une femme aimée, la fête des secrétaires, un hall d'hôtel, une loge de star, un cadeau de mariage, une garniture de Noël... Ignace ni Sergio n'auraient pu dénicher, sur les marchés, ces contenants originaux, paniers d'osier, lanternes de métal, abat-jour, vases, bols chinois, boîtes indonésiennes, une mandoline, un petit chaudron de cuivre, un éventail de plumes, qui créaient la surprise chez le client, et le désir de revenir. Après tout, peut-être Ignace ni Sergio n'auraient-ils pas plus que moi trouvé grâce aux yeux de madame Loupe. Mais dans la planque qui leur sert de boulot il n'y a pas de madame Loupe, ou, s'il y en a une, elle se fond dans la masse des gens qui travaillent dans l'informatique ou le prêt-à-porter, ces pépinières d'hommes d'affaires ou de vendeurs émérites auxquels, pourvu qu'ils soient en costume et cravate, on ne demande pas de compte rendu de leurs préférences sexuelles.

L'habillement n'était qu'un prétexte. Je crois qu'en réalité madame Loupe ne supportait pas que je sois beau, et de surcroît doué à ce point pour les arrangements de fruits. Le volume des ventes avait nettement progressé depuis mon arrivée dans la boîte, et, curieusement, le volume charnel de madame Loupe augmentait en conséquence. Elle avait l'âge où les illusions tombent avec les premiers cheveux. Car les femmes perdent aussi leurs cheveux, et madame Loupe en avait toujours une quantité non négligeable sur le col de sa robe noire, de ses robes noires, devrais-je dire, car il me semble que son embonpoint croissant exigeait chaque mois de nouveaux modèles. Je déteste la laideur, elle m'est insupportable. Il est vrai que les plus beaux hommes d'une ville, d'un pays, de la terre entière, sont homosexuels, et cela depuis les Grecs, c'est-à-dire depuis toujours. Notre regard n'est pas habitué à fréquenter la laideur et le laisser-aller. Nous soignons notre apparence : je ne connais pas d'exception à cette règle, du moins pas parmi mes amis. Quoi qu'il en soit, madame Loupe devait vouer à la beauté la haine dont je flétris, moi, les gens laids. Notre association courait à l'échec. L'ennui – il est de taille – est qu'elle a gardé l'album où j'avais collé les photos de mes créations originales. Je suppose qu'elle s'en servira pour appâter la clientèle et faire croire que mon successeur aura le même génie.

Tout a une fin, même un talent d'équilibriste et un moral plus tendu qu'un fil d'acier. Petits boulots, intérims, jouer le jeu du gars qui retombe toujours sur ses pieds, charmer par une aptitude à s'adapter sans fin... Un jour, parce qu'une madame Loupe vous jette dehors comme un chien, on a envie d'être sincère avec ses amis, de se mettre à nu, pour une fois, d'annoncer les choses quand elles se passent, et non des semaines après, quand on a retrouvé un travail. Aussi, à l'anniversaire de Sergio, au moment de l'apéritif, ai-je lâché le morceau. « J'ai injurié Loupe, et j'ai pris mon pied, je vous l'assure... Figurez-vous que je lui ai dit... » Tout le monde m'écoutait, le verre à la main, avec admiration : je n'avais jamais parlé de moi que pour caricaturer mes employeurs successifs et faire rire à leurs dépens, mais de là à imaginer que j'aurais le culot d'en attaquer un de face, et la Loupe de surcroît, dont le sadisme à la petite semaine m'avait fourni mes plus juteuses imitations ... Je m'imbibais de cette vénération soudaine, récompense de dizaines de soirées passées à amuser la galerie, ajoutant, en manière de codicille : « Du coup, j'ai perdu mon boulot... » Les sourires se figèrent un peu, tandis que je poursuivais : « ... et je m'en fiche éperdument... » Ce n'était pas vraiment nouveau, et je sentis les conversations prêtes à reprendre, lorsque, soudain, une phrase se précipita toute nue hors de ma bouche, et, avant que j'aie eu le temps de comprendre ce qui m'arrivait, elle frétillait dans l'assemblée comme un poisson tiré de son bocal : « ... je ne chercherai plus, j'en ai marre de changer tout le temps, de présenter chaque fois un CV morcelé par la mention des changements de boîte. » Puis, tout naturellement, je me suis mis à raconter ce que j'avais toujours tu, à savoir le contexte général de ce désastre intime en précisant qu'il convenait de tenir compte de ce fait : mon père, deux ans auparavant, m'avait chassé de chez lui, ou plutôt il avait dit « Ou tu vis normalement, comme tout le monde, ou tu pars, et ne reviens jamais. » « Normalement, comme tout le monde, c'est réussir ses examens, avoir un travail, une petite amie, se marier, faire des enfants, n'est-ce pas ? » ai-je ajouté d'un air provocant à l'intention de Sergio et des autres. Certains se sont mis à rire, d'autres semblaient gênés. Laura s'est approchée de moi, compatissante : « Tu ne m'avais jamais dit ça, Phil, à propos de ton père... » « Ma petite Laura, ai-je dit, c'est pas parce que je ne vous parle jamais de moi que je n'ai pas mes ennuis, comme tout le monde. » J'ai lancé un regard circulaire avant de poursuivre : « Jeté de la maison, sans argent pour me payer des études, oui, jeté dehors, tout nu, et ça continue, pas de raison que ça cesse, une fois qu'on est sorti des rails c'est pour toujours, on a beau croire que quelqu'un vous y remettra, on tombe sur des madame Loupe, ou sur des gens qui, au bout d'un moment, n'ont plus besoin de vous. Et vous non plus, vous n'avez pas besoin de moi. Et moi je n'ai besoin de personne, de personne ! » Les amis me regardaient, consternés. Impuissants, puisque je n'avais besoin de personne. Je l'ai répété, et Laura elle-même est restée sans voix, sans geste, elle qui sait me caresser la joue ou me passer la main dans les cheveux quand elle s'imagine que j'en ai besoin. Ils ont eu, tous, l'amitié suffisante pour m'amener à ce point : annoncer publiquement que j'étais licencié, et que cela s'ajoutait au fait que j'étais devenu, depuis un certain temps, la brebis galeuse de ma propre famille. Jusqu'à cet aveu, ils avaient cru en moi, cru que je m'en sortirais toujours, que je ne me lasserais jamais de rebondir envers et contre tout... mais là, dans l'appartement de Sergio, leur impuissance m'éclatait au visage. Je n'avais jamais pesé sur eux, jamais je ne les avais poursuivis de mes états d'âme, au contraire, j'étais celui auquel on se confiait à toutes heures du jour et de la nuit. Et maintenant que mon tour se pointait il n'y avait plus personne. Normal. Tout au long de ces années où je m'étais contenté de guérir ma vie par procuration en soignant des blessures qui n'étaient pas les miennes, je pesais en réalité sur mes amis de tout le poids de ma compassion. Ma proverbiale disponibilité était un cri d'angoisse, un paquet-cadeau que personne n'osait ouvrir, qui sentait le désespoir à plein nez. Et lorsque ce désespoir a pris corps dans le salon de Sergio, lorsque j'ai ouvert mon cœur, sobrement, et que tous ont pu voir qu'il contenait une chair pantelante, tailladée d'innombrables cicatrices, leur silence m'a tenu lieu de sentence. Comme si ces gens que je croyais proches ne l'avaient été, en réalité, que par l'occasion qu'ils m'avaient donnée, à maintes reprises, de faire preuve d'un coeur noble, voué au bien d'autrui, l'occasion de me sentir quelqu'un, pour eux, et pas seulement l'artiste de service, le souffre-douleur de madame Loupe et autres esclavagistes dotés abusivement du nom d'employeurs. Ignace et Sergio, parce que munis d'une situation stable, voire brillante, n'avaient ni le besoin ni le temps d'être compatissants ; Laura elle-même ne l'était que par satiété, quand le bonheur lié au succès de ses créations la menaçait d'étouffement ou d'une poussée d'orgueil qui risquait de ternir son image. Elle s'en purifiait alors en s'intéressant à moi, par une caresse, un sourire, ce qui la ramenait, à son grand soulagement, au niveau des humains. Voilà ce qui m'apparut ce soir-là, lors de la fête chez Sergio. En un éclair, je sus que je n'aiderais plus personne, et qu'à l'impuissance de mes amis répondrait, désormais, la mienne.

Le chien non plus n'avait personne sur qui compter. Pourtant, je me souviens que nous étions au moins une demi-douzaine à vouloir le sauver. A proclamer, par nos appels, nos gesticulations, nos conciliabules fiévreux en bordure d'autoroute, une impuissance aussi vaste que le ciel. J'ai vu deux femmes – une qui a refusé de sortir d'une voiture, tandis que sa compagne, une grosse fille, semblait dans tous ses états – et deux hommes, le bonhomme en pull à col roulé noir et ce petit camionneur qui est descendu de son semi-remorque et a fait signe aux voitures de ralentir. A la réflexion, je crois qu'il y avait une autre femme, mais je n'y ai guère prêté attention. Je me souviens surtout du camionneur, c'est la première personne qui m'est apparue après ma chute. Un instant j'ai cru qu'il désirait attirer l'attention sur moi, car je suis resté un long moment prostré sur le sol, tant la douleur de mon genou était vive. En réalité, il avait aperçu, comme chacun de ceux qui s'arrêtèrent, le chien.

Pourquoi suis-je tombé ? Ou plutôt, quelle puissance mystérieuse a attiré mon regard vers la course du chien, à ma gauche, le long du terre-plein central, tandis qu'entre lui et moi les voitures poursuivaient leur vrombissement abrutissant ? En général, je regarde strictement devant moi. J'en conclus que j'étais prêt à voir le chien, à tourner vers lui mon visage, mes mains, mon guidon, provoquant une chute aussi inattendue que douloureuse. J'avais sans doute, au fil de mes courses solitaires, atteint sans m'en rendre compte le fond du découragement, accompagné d'une sorte de dégradation de ma santé mentale. Tout cela est venu progressivement. Après l'anniversaire de Sergio, quand j'ai annoncé à tous que j'avais perdu mon travail, j'ai pris mon vélo et je suis parti sur l'autoroute. Le soir même, me grisant de liberté et d'air pluvieux, puis tous les jours. Les premiers temps, de nuit, et en me tenant à l'extrême droite de la bande d'arrêt d'urgence, celle qui est réservée au passage des ambulances et aux voitures en panne. Je roulais comme on boit, comme on se drogue : dans l'attente du moment où la griserie née de l'afflux d'oxygène dans le sang se combinerait à la rumeur des véhicules pour me faire tomber dans un état second où le « trip » prendrait l'aspect de ce ruban gris, uniformément droit et plane, qui remplacerait le carrousel fou des pensées sinistres, le ferait disparaître purement et simplement. L'accoutumance aidant, il me fallut bientôt gauchir ma trajectoire, la rapprocher des voitures qui désormais me frôlaient avec des bruits de klaxon que la vitesse étirait comme une plainte. Puis je décidai de rouler de jour, pour être vu, je crois, arrêté peut-être, et en cas de récidive – car je récidiverais –, sanctionné par la police, les tribunaux, la société tout entière. Ce risque supplémentaire transforma le caractère thérapeutique de mon aventure en un acte politique, un défi lancé à la face des autorités qui avaient permis que les autoroutes fussent construites, pulvérisant les sentiers propices aux balades à vélo et leur procession odorante d'arbres et de haies vives, empestant l'air, réduisant à néant la communication entre les hommes, enfermés chacun dans leur boîte sur roues qui préfigure, mieux que tout autre objet fabriqué par la technologie moderne, un cercueil. A ces cercueils automobiles j'opposais le glissement subtil de mon vélo, le mouvement huilé de mes muscles, et la limpidité d'un espace mental nettoyé par la fidélité à une ligne unique, interdite de circulation, risquée, côtoyant insolemment les voies communes.

J'ai dit, chez Sergio, que j'avais pris mon pied, en insultant la gérante d'« Hello-fruits ». Et j'ai cru que je le prendrais encore, en me lançant le soir même à vélo sur l'autoroute. En vérité, en quittant brusquement mes amis, je quittais la société des gens qui travaillent et qui ont donc des raisons de se retrouver pour s'amuser. Et j'ai ri, oui, de rouler seul dans la nuit, j'ai ri d'imaginer leurs commentaires désolés, et cette mauvaise conscience plus légère qu'une sueur de fête qui les quitterait avec la douche du soir. Mais bientôt, dès le lendemain, j'ai compris en enfourchant mon vélo qu'il ne s'agissait plus de s'amuser, fût-ce à mes propres dépens, ni de jeter à la face du monde mon mépris triomphant. Rouler est un travail, une sorte de construction acharnée de quelque chose à l'intérieur de moi, dont je ne distingue pas la forme, mais qui a l'insolence et la fragilité d'une digue face à la mer déchaînée. Tout cela sur fond de routine grise, sur fond de ruban d'autoroute, sans mer déchaînée ni danger immédiat, rouler pour quoi, pour qui ? Il me semble aujourd'hui que j'ai commencé à rouler pour ne pas me tuer, par faiblesse donc, le but de l'aventure étant de rouler assez longtemps et avec une persévérance suffisante pour voir disparaître l'idée même du suicide. Mais, au moment où je me croyais sauvé, est apparu le chien, comme si se matérialisait sous mes yeux une course à la mort volontaire. C'est alors que je suis tombé.

Depuis, je ne suis plus remonté sur mon vélo. La blessure se referme. Hier, la croûte s'est détachée, et, sur les bords, la peau se ride, comme si un fil coulissant la rassemblait autour de cette fente de chair propre et pourpre qui me fait penser à l'entrée d'une bourse. Je conserverai cette cicatrice longtemps, peut-être jusqu'à ma fin, que j'imagine vers l'âge de quatre-vingts ans, comme tout le monde. Comme tout le monde, je résisterai tous les jours à l'idée de la mort. Je me dirai bientôt que ce dont je souffre n'est rien de plus que ce qu'endurent les chômeurs de ma génération. Rien de moins non plus. Un chien fou, courant comme ces lapins mécaniques qu'on lance devant une meute de lévriers. Sauf qu'il n'y avait pas de lévriers, aucun poursuivant, personne d'intéressé. Et il en est bien ainsi, pour nous, jeunes gens en parfaite santé et doués d'un quotient intellectuel tout à fait convenable, qui courons à perdre haleine sans que personne ne nous poursuive, ni même ne nous cherche, personne, pas même nos meilleurs amis, alors pourquoi, après quoi courons-nous ? Il n'y a pas de place pour nous dans aucune de ces voitures que le flot des déplacements professionnels charrie avec une vigueur indifférente. Qui aurait envie de s'arrêter pour une cause perdue d'avance ?

Laura est venue me voir hier. Elle affirme que je porte toujours le poids du jugement de mon père, et, par extension, le poids de cet Occident que l'on dit « démocratique » en souvenir des

Grecs, et qui pourtant n'a cessé d'exclure les homosexuels. « Mais pourquoi s'attrister de telles réactions, a-t-elle ajouté, pourquoi ne pas s'en réjouir, au contraire, y voir une occasion forcée de vous développer librement, selon votre génie propre, et de créer, au nez et à la barbe des esprits chagrins, une société en marge qui ressemble à une vraie famille ? » C'est ce petit monde-là, fantaisiste et chaleureux, que nous retrouvions chez Sergio. « Il faut y revenir, Phil, sans tarder, revenir parmi nous. » Elle s'est tue, m'a passé au cou une chaîne terminée par huit clous plats en étoile, au centre desquels brillait une opale. On aurait dit une très belle araignée.

RIEN À FAIRE

Quand j'avais douze ans, je suis partie à l'affût au chevreuil avec Nico, qui en avait seize. Il était beaucoup plus grand que moi, grand et maigre, avec un visage en profil de rapace, déjà, et un rire qui démentait ce profil, un rire léger et moqueur, bien que cette association d'adjectifs me semble assez banale pour définir le rire de Nico, mais je suppose que l'on a recours à des mots courants, usés, lorsque l'on ne parvient pas à se souvenir exactement de l'intonation d'une voix, d'un rire, ou de l'expression d'un visage. Il me semble que Nico me forçait toujours. A rire. A le suivre dans les bois. A ramasser les canards morts ou les lapins, à les tenir, sanglants, dans mon poing, à en supporter le poids.

J'aurais voulu voir mourir le chevreuil. A peine étions-nous installés dans l'observatoire, à mi-tronc d'un grand pin, qu'il a surgi, franchissant la lisière du bois en direction de l'espace dégagé qui s'étendait devant nous. L'herbe y poussait drue, néanmoins le chevreuil n'a pas penché son encolure vers le sol pour y paître. Il s'est avancé vers nous, puis s'est arrêté, à quelques mètres, regardant dans notre direction. C'était une bête dans la force de l'âge, la robe rousse de l'été, les andouillers en dagues. « Un trophée magnifique », ai-je pensé avec détresse, et je me suis tournée vers la gauche, pour ne pas voir le regard du chevreuil ailleurs que dans les yeux de Nico. Immobile, le canon du fusil posé sur le rebord en planches du mirador, il regardait fixement l'animal. Je me suis fait violence pour ne pas crier, pour ne pas battre des mains, pour ne pas éloigner la mort. Le silence avait la densité d'une balle de plomb dans un fusil chargé. Un oiseau a crié, le chevreuil a secoué légèrement son encolure, puis est reparti vers la lisière, lentement, sans avoir brouté. Il est rentré dans l'ombre.

« Pas pu tirer », a dit Nico, en me regardant avec une sorte de trouble vindicatif mêlé d'admiration. J'ai compris alors que mon immobilité et mon silence, loin d'avoir condamné le chevreuil, l'avaient sauvé. Si j'avais fait un geste, poussé un cri, sa fuite aurait attiré le réflexe du chasseur. J'avais gagné l'estime de mon cousin préféré, et perdu l'occasion de voir la mort en face.

Quand Anne a crié qu'il y avait un chien abandonné le long de l'autoroute, j'ai tout à coup senti un poids immense au bout de mes bras, comme si au lieu de la carte routière je tenais devant moi un trophée de chasse ensanglanté. J'ai pensé immédiatement à Nico, à son poids, lorsque je l'ai pris contre moi pour la dernière fois.

Anne a arrêté la voiture sur le bas-côté. « On va le sauver ! » a-t-elle dit, avec cette espèce d'exaltation qui la prend aux moments où elle sort de sa torpeur habituelle. Aussitôt elle a bondi hors de la voiture, moi je n'ai pas bougé, et nous sommes restées toutes les deux, elle dehors, moi dedans, à chercher le chien du regard. Mais il avait disparu. J'ai ouvert ma portière et crié qu'il n'y avait rien à faire, c'est une phrase que Nico utilisait souvent : « Il n'y a rien à faire », ou « C'est comme ça ». Je ne crois pas qu'il disait ce genre de choses avant notre mariage, sinon comment expliquer qu'il n'ait pas tiré en voyant le chevreuil à portée de son fusil ? Il disait cela à la fin de sa vie, quand le cancer lui ôtait toutes ses forces. Il l'a dit un jour où il était si faible qu'il ne parvenait plus à porter un verre à ses lèvres. Ce jour-là, j'ai vu disparaître son courage comme une eau avalée par une terre sèche. Il n'en restait tout simplement plus rien. Alors je me suis assise près de lui, et je l'ai supplié de penser à ce noyau d'énergie qu'il portait en lui, ce noyau indestructible, en lequel nous croyions tous les deux plus qu'en Dieu ou Diable. A vrai dire, depuis quelques années nous ne croyions en rien d'autre qu'en cet élan vital qui n'est pas une personne, avec tout ce que cela sous-entend de comptes à rendre et de complications affectives, mais *quelque chose* dont l'énergie pure dépasse infiniment les catégories étroites du bien et du mal. Vivre en fonction de ce noyau est très simple, dans le sens où cela exclut d'entrée de jeu toute culpabilité, mais la plupart des gens mettent une vie entière pour y parvenir, quand ils y parviennent. Nico et moi n'avons mis qu'une demi-vie, sans doute à cause du cancer. C'est en ce sens que le cancer s'est révélé l'allié de notre couple, qu'il a rendu possible cette absurdité qu'est la fidélité conjugale, tout simplement parce que chacun d'entre nous, sachant que notre temps commun était compté, n'a plus jamais cherché à entretenir l'amour par tous ces pauvres moyens dont regorgent les manuels de psychologie conjugale : la maladie elle-même se chargeait du travail, c'est elle qui, en réglant nos gestes, notre emploi du temps, nos projets, nous évitait la course éperdue à l'épanouissement et la chute dans le bonheur. Nous évoluions sur un fond si noir que la vie ne nous laissait que le choix des couleurs. Une vie colorée est une vie gagnée. La mienne avait la couleur des joues de Nico lorsqu'il se réveillait d'une bonne nuit, celle des affiches optimistes que je contemplais dans le couloir de l'hôpital quand j'attendais la fin de la séance de chimiothérapie, ou celle des souvenirs lorsque, observant la progression du mal, je sentais se réduire le temps que nous aurions ensemble. Par contraste, le passé devenait chatoyant, et j'ai souvent pensé, dans les moments d'angoisse, au chevreuil que nous avions épargné, à sa tête couronnée, au soleil sur ses flancs. Je me sentais devenir une femme exceptionnelle, non dans le sens de l'abnégation, mais au contraire dans cette liberté que les contraintes matérielles conféraient à mon esprit, à ma mémoire, à mon jugement. Le devoir se réduisait à faire face aux obligations imposées par les soins médicaux et à donner de nous, à l'extérieur, une image dont la dignité nous protégeât des intrus : en quelque sorte, la maladie à elle seule suffisait à remplir le quota de discipline et de sérieux indispensable à l'hygiène conjugale.

Tout le reste, avec Nico, était liberté, dans la joie, la colère, l'amertume ou l'espoir, selon les jours. Chaque émotion avait sa coloration pure, et non cette teinte fade qu'un souci constant de l'équilibre confère au moindre élan dans les couples ordinaires.

Je me suis donc assise près de Nico, lorsque j'ai vu sa main retomber face au verre que je lui tendais, et j'ai dit : « Nico, mon amour, concentre-toi sur le Noyau... Tu sais, il vit encore, même si tu ne veux plus parler... Fais un petit geste pour montrer que tu y crois. » Je tenais sa main, et j'ai attendu une pression, qui confirmerait sa foi en ce qui, pendant tous ces mois de maladie, avait maintenu notre courage. Sa main n'a pas bougé, comme morte dans la mienne. Mais Nico a parlé d'une voix ténue, épuisée, dont le débit très lent martelait mieux qu'un discours ma petite cervelle idéaliste : « Chérie... quand on ne sait plus... porter un verre à ses lèvres... on ne croit plus... dans le Noyau. » Il fermait les yeux en disant cela. Puis il les a ouverts, il ne m'a pas regardée, il semblait contempler vaguement les reflets du soleil sur les rideaux, à moins que ce ne fût une pensée faisant tache et se débattant entre les plis de sa fatigue. Il a dit alors: « Il n'y a rien à faire... »

J'ai rêvé cette nuit-là qu'il se tenait au bord d'un

fleuve, et moi de l'autre côté. J'ai crié son nom : « Nico ! » d'une rive à l'autre. Il m'a alors regardée avec l'expression vague qu'il avait eue en prononçant « Il n'y a rien à faire », et son regard me traversait comme si j'étais transparente, un rideau le séparant du soleil.

Tout ce que j'ai fait depuis, je veux dire depuis que Nico est mort, ou plutôt depuis que son regard s'est absenté de moi – car il n'est mort que deux jours plus tard –, je l'ai fait pour réduire en charpie cet intervalle de temps où le Noyau avait disparu, me laissant seule avec ces mots : « Il n'y a rien à faire ». Je ne me suis pas repliée sur mon veuvage, ni même sur l'existence d'Anne, je n'ai pas pesé sur elle de tout mon poids de mère seule, d'épouse délaissée. J'emploie le terme à dessein. Délaissée par son mari, abandonnée. En colère contre lui qui me laissait seule avec les factures à payer, les fusibles à changer, l'enfant à éduquer, les décisions à prendre. En colère surtout contre le souvenir de ce moment très bref où les yeux de Nico m'avaient fait défaut. Il fallait que je trouve, quelque part, la force qui nous avait manqué, que je comble, de manière posthume et définitive, cet intervalle où la foi nous avait quittés.

Je me suis rendue utile. J'ai été offrir mes services à l'Association des Veuves. J'y ai fait des travaux de secrétariat, contribué à la rédaction du Bulletin de liaison, rendu visite à des femmes seules que je guidais dans les dédales administratifs et pratiques de leur nouvelle condition, tout en leur remontant le moral. Par ailleurs j'apprenais à m'occuper de la maison, du jardin, des comptes en banque et de l'organisation de mes journées comme seul, croit-on, un homme peut le faire. Ma seule faiblesse était de refuser de conduire la voiture de Nico, j'ignore pourquoi. Bientôt j'aurai ma propre voiture, mais, jusqu'à présent, c'est Anne qui me sert de chauffeur. Ce qui est rare, car je me déplace beaucoup à pied dans le quartier, et en métro ailleurs. Pour le reste, je regroupe les courses à faire et les visites à rendre. Le jour du chien, nous étions en route, Anne et moi, vers une nouvelle veuve dont le mari avait trouvé la mort dans un accident de voiture, et nous comptions en profiter pour découvrir le nouveau Garden Center qui s'est construit à la sortie 4 de l'autoroute.

Je suppose que ce chien, dont Anne a tenté de me faire un portrait si pitoyable, a été, autrefois, utile. Il a aboyé quand il fallait, gardé la porte, donné l'illusion d'une présence bienfaisante et protectrice, ou au contraire vulnérable, avide de caresses, il a bouché un trou, rempli un vide dans la vie de son maître. Nico mort, il fallait que je devienne cela : quelqu'un qui serve à quelque chose. Cela n'a pas été trop difficile, grâce à l'Association des Veuves et aux soucis que me donnait une maison sans homme. On m'a trouvée exemplaire. En réalité, je fuyais. Je fuyais Anne, son vide à elle. Elle mangeait de plus en plus. Elle mangeait comme une folle. En quelques mois, elle avait pris huit kilos.

Il aurait été plus courageux de m'occuper d'elle, de la prendre en main, de l'entourer, de la suivre. Mais Anne ne m'a jamais offert ce genre d'occasion. Enfant, même lorsque je tenais la cuiller, elle s'est toujours alimentée sans moi, avec une avidité qui n'avait que la nourriture pour but. Lorsque nous jouions ensemble, le jeu seul était l'objet de sa passion, ma présence n'était qu'un moyen – une main, un bras, une imagination – qu'elle s'appropriait pour satisfaire son désir de gagner ou sa fascination de perdre. Et s'il fallait chercher, conformément aux théories suspectes des médecines parallèles, une cause psychique au cancer de Nico, quelque chose comme une rupture d'équilibre dans le microcosme familial, je serais tentée d'attribuer cette cause à l'autonomie précoce, monstrueuse, de cet enfant, ou à ma propre incapacité, dès qu'elle naquit, de la nourrir au sein.

Toutes les femmes ont du lait. Toutes les femmes peuvent nourrir au sein. Il suffit d'un peu de patience et d'amour. Je ne m'explique pas, pas plus que les médecins et les infirmières à l'époque, comment je n'ai pas eu une goutte de cette patience, de cet amour, puisque le lait ne montait pas. Mon désir, cependant, était si grand. Désir de bien faire, sans doute, d'être une bonne mère, ou, tout simplement, une mère. Désir d'offrir au monde une nouvelle preuve du caractère naturel, viscéral, de l'amour. Anne eût-elle été handicapée que ma tâche en aurait été facilitée. Il est naturel d'aimer les faibles, il m'a été naturel de soigner Nico, et, après sa mort, d'aider par mon écoute ou mes conseils les veuves de l'Association. Mais Anne avait mis douze heures à venir, Anne m'avait épuisée, m'avait déchirée, m'avait condamnée à l'allongement pendant tout mon séjour en clinique, m'avait attiré les commentaires désagréables des infirmières, qui voulaient que je m'asseye pour manger, que je retrouve le contrôle de ma vessie, Anne m'avait fait des crevasses sans me tirer une goutte de lait, Anne m'avait ôté le goût de donner la vie à nouveau. De surcroît, elle était forte. Un beau bébé braillard, vidant ses biberons à une vitesse effrayante, et qui prenait la nuit pour le jour. Plus tard, une petite fille qui refusait de quitter la cour de récréation lorsque je venais la chercher à quatre heures. Qui refusait que je sois présente à la remise des bulletins ou à la représentation théâtrale où elle jouait le rôle-phare. Qui négligeait de me raconter sa journée, de me sourire le matin, de m'embrasser le soir. Qui me cachait ses déboires. « Si je te l'avais dit, tu te serais inquiétée. » Même ma sollicitude lui était insupportable. Je crois qu'elle n'aimait que Nico. Et qu'elle ne s'est jamais laissée toucher, dans tous les sens du terme, que par lui. Mes caresses comme mes paroles ont glissé sur elle comme de l'eau sur les plumes d'un canard. Mais à la manière dont, le visage parcouru d'un très léger sourire, elle se blottissait contre Nico pour lire ou regarder la télévision, j'ai vite compris qu'elle n'était forte, ou, si l'on veut, orgueilleuse, que par rapport à moi. Et que l'autre versant du monde était pour elle celui de la faiblesse et du réconfort, le côté de son père.

Le jour où Anne a aperçu ce chien, je n'ai vu, moi, en dehors de la route et de la carte que je tenais entre mes doigts, qu'un arbuste, d'une légèreté délicieuse, qui semblait m'adresser des signes depuis le terre-plein central. Un de ces miracles du printemps qui éclosent bien avant que les arbres ne montrent la moindre feuille. Je ne voulais pas sortir de l'auto, j'ai préféré contempler ce nuage de petites fleurs blanches qui disparaissait à chaque passage de voiture pour réapparaître presque aussitôt, intact. Pourtant, je sentais, autour de moi, une certaine animation créée par les gens qui s'étaient arrêtés pour le chien. Je me sentais exclue de leur groupe, et cependant baignée de leur présence comme par autant de pétales clairs. Quand Nico était à l'hôpital pour sa chimiothérapie et que je patientais dans les salles d'attente ou les couloirs, je regardais alentour et je voyais se tisser des réseaux d'énergie entre les gens. J'observais leurs gestes et j'écoutais leurs paroles comme on observe les étoiles au mois d'août, qui scintillent, lointaines et pourtant si proches, sur les drames de la terre. Je me disais : s'il y a un cataclysme, brusquement, dans ce couloir d'hôpital, tous seront solidaires, tous frères et sœurs. Alors le mot « Nico » sonnera comme « étoile », une planète morte et froide, qui brille, cependant, et apaise le cœur des humains.

Je me souviens de ma première pensée quand, à la maison, le cataclysme a pris l'apparence du visage soudain privé de vie de Nico : qui me fera rire, maintenant ? Certainement pas Anne, me suis-je dit aussitôt avec un découragement sans bornes, ce n'est qu'une enfant sans pouvoir, de la famille des femmes. Aussitôt, j'ai eu honte de cette pensée. Cette pensée est peut-être à l'origine de tout ce qu'elle mange maintenant, comme si elle voulait colmater le lieu d'où, autrefois, elle riait avec Nico, chantait avec lui une des chansons étranges qu'ils inventaient ensemble. Elle a toujours été bizarre. J'aimerais qu'elle se marie, que quelqu'un veuille d'elle et ses kilos superflus, d'elle et ses pensées secrètes. Oui, il faudrait que quelqu'un qui l'aimerait comme Nico m'a aimée m'en débarrasse.

J'ai par moments la certitude qu'Anne serait plus heureuse sans moi, qu'elle vivrait si j'étais morte. Je porte cette pensée depuis longtemps, peut-être depuis qu'Anne est sortie d'entre mes jambes, peut-être avant, quand elle nageait dans mon ventre. En réponse, mon lait n'a pas coulé pour elle. Mes mots non plus, ni mes gestes. Il faudrait que je trouve une façon de mourir à ses yeux, de disparaître une fois pour toutes. Peut-être l'ai-je fait, le jour du chien, sur l'autoroute, lorsque j'ai dit « Il n'y a rien à faire ». A la réflexion, oui, c'était exactement ce qu'il fallait que je dise, ce qu'il fallait qu'elle entende pour que s'éveille sa vraie nature : une fille ardente, reniant sa mère pour voler au secours d'une bête abandonnée. Quel regard elle m'a lancé ! Là-haut, dans un ciel qui m'est inaccessible, nul doute que son père lui était apparu. Pour moi, il se cache, il demeure invisible, dissimulé par un mur de femmes en noir.

Toutes ces veuves gémissantes ! Elles échangent leurs doléances dans la tiède matrice de l'Association, quand il ne leur manque que d'observer leur plombier ou leur électricien, d'oser déranger leur banquier ou l'homme de peine qui retourne leurs plates-bandes. Oui, il ne leur manque que cela : devenir masculines. Mais c'est trop pour elles, elles préfèrent une maison livrée aux corps de métiers, des factures en souffrance et des fleurs qu'elles n'ont pas choisies, pourvu qu'elles aient l'assurance d'une voix capitonnant leur solitude, d'une main berçant leurs frayeurs. Existe-t-il, dans ce pays d'assistés, une seule femme qui, comme moi, mette le pied à la bêche et la main au moteur, tout en étant capable de passer une journée entière à être belle pour personne ? Existe-t-il seulement, dans l'univers entier, un être, humain ou animal, avec lequel je pourrais partager le Noyau de moi-même comme une moitié de figue fraîche ? Dieu est une figue, oui, pourquoi pas. Je me souviens de ce fruit noir à force de soleil, mais si blanc à l'intérieur, si fondant, que Nico m'avait fait goûter dans un restaurant, au début de notre mariage.

Il savait vivre, lui, mieux que moi. Commandait l'exotique, se réjouissait du partage d'un fruit. Par ailleurs, ne s'attardait jamais sur les misères d'autrui, répudiait les lents, les tristes, les aigres, les colériques. Travaillait à augmenter sa propre joie et à la mêler à la mienne. Morale des forts, des cœurs hardis, ceux qui connaissent d'instinct le tracé de leur vie. La sienne serait courte et dense, il le savait je crois, ou du moins quelque chose en lui le savait. Le Noyau. Je le vois maintenant. Un fruit unique et rare, aux graines tendres, à la fibre parfumée, noir au-dehors, blanc en dedans. Il tiendrait tout entier dans ma bouche, si seulement je cessais de bavarder avec des femmes qui, par habitude plus que par douleur, refusent la grâce de l'égoïsme, et le travail immense de se salir les mains. Qu'elles soient maudites, celles qui viendront encore à moi, avec leurs cris d'enfants blessées, de bêtes abandonnées. Que je cesse d'être la sagesse incarnée, celle dont on requiert l'avis et la force. A céder aux sirènes de la détresse, je m'invente un rôle d'initiée, je deviens grave et vide. Ce faisant, je perds Nico, le souvenir de son rire, et la force magique dont il nourrissait Anne.

Anne. Ce fruit gonflé, à l'étroit dans sa peau, goulu d'une bouche qui le mange. Cette petite âme blanche et noire, en grande douleur d'éveil. Le jour du chien, j'ai aperçu des arbustes en fleurs là où elle voyait une bête en détresse. Anne, mon enfant, l'autre moitié de l'univers.

Avant de rejoindre Nico, d'autres jours de solitude me seront donnés, et d'autres arbustes légers. Mon regard saura, désormais, vers où se diriger. Peut-être retrouverai-je ainsi, au moment de ma mort, la vision du chevreuil dans la lumière de l'aube. Et quand bien même le chevreuil ne reviendrait jamais, moi, j'ai changé. Un chien, que je n'ai pas vu, a traversé ma route, et, depuis, me voilà mère enfin : j'ai donné naissance à Anne en me détournant d'elle. Par mon refus de regarder le chien, j'ai rendu à Anne son pouvoir. Désormais elle est seule. Car tout en moi se redresse et proclame : « Il n'y a rien à faire ».

LE REPOS ÉTERNEL

J'ai dit à maman que j'avais vu un chien courant le long de l'autoroute. J'ai dit : « Un chien perdu, un chien fou. Maman ! » Elle n'a pas réagi tout de suite, elle regardait la carte pour voir quelle sortie d'autoroute nous devions prendre pour nous rendre au nouveau Garden Center ou chez une nouvelle veuve, je ne sais plus. J'ai ralenti, j'ai garé l'Audi, la vieille Audi de papa, sur le côté. Quand je suis sortie, le chien avait disparu, il n'y avait plus que les voitures qui roulaient vite, en trois files, et j'ai pensé que c'était un jour dangereux. Mon cœur battait fort, comme toujours quand j'ai mangé beaucoup, et j'imaginais, avant de voir le chien, que je courais à côté de notre voiture, aussi vite qu'elle, que je courais jusqu'à l'épuisement, et que cette course me ferait maigrir. C'est la seule chose à laquelle je pense quand je suis dans l'Audi avec maman : comment maigrir ? Et je me vois courir, courir jusqu'à l'épuisement, jusqu'à la mort. Bien sûr, j'imagine aussi que je ne mange plus rien, mais alors je me mets à saliver en pensant au prochain repas, et je me dis que je prendrais un peu de ceci, et un peu de cela, pas plus, juste le minimum, mais c'est peine perdue : dès que j'avale un morceau, je mange la terre entière, alors, puisque j'ai commencé, je continue. Je me dis, « C'est fichu, je n'y arriverai jamais », et je mange en observant à la dérobée maman qui picore en se regardant dans le grand miroir qui est derrière la table. Quand nous nous mettons à table, elle s'arrange toujours pour me proposer la place qui tourne le dos au miroir – ou bien peut-être est-ce moi qui ai choisi cette place une fois pour toutes, parce que je n'aime pas mon image. Et tout en mangeant nous parlons un peu, mais elle, elle ne me regarde pas, jamais vraiment, elle cherche à capter son image dans le miroir, son regard passe à gauche de ma tête, ou à droite, et elle rectifie une mèche, ou bat légèrement des paupières, comme si elle voulait vérifier... quoi, au juste ? Qu'elle est belle ? Ce n'est pas son genre, sinon il y a longtemps que les hommes assiégeraient notre maison. Simplement, on dirait qu'elle doit s'assurer qu'elle vit encore, tout le temps.

Moi, je n'ai rien à vérifier. Alors je mange. J'ai la tête dans un brouillard dès que je dépasse les bornes que je me suis fixées – une demi-pomme de terre, quelques haricots verts, un seul petit morceau de viande, sans sauce. Après, je prends de tout, sans arrêt, je me ressers quatre ou cinq fois. Quand je me lève de table, je prends encore un carré de chocolat dans l'armoire, quand je suis seule, que maman ne me voit pas, puis le reste de la barre, puis trois ou quatre barres, parfois la plaque entière. Après, je n'ai plus de pensées, simplement mon cœur qui bat follement tout le temps de la digestion, comme s'il devait fournir un effort immense. Je me dis que c'est fichu pour de bon, et je reprends encore une tranche de pain beurré, avec du fromage, que j'engouffre, et puis un morceau de gâteau, puisqu'elle continue à faire des gâteaux comme quand papa était là.

Toujours cette obsession de maigrir, et, quand je prends l'Audi, de courir à côté de la voiture. Tiens, ce chien, il doit être maigre sûrement, un chien perdu, qui court. Tout le monde s'en fout, maman s'en fout, « Laisse tomber, dit-elle, on ne peut rien faire ». Puis elle me regarde, je dois avoir un drôle d'air, les yeux rouges et les mâchoires durcies, comme chaque fois que je dois lutter avec elle et que je sais qu'elle sera la plus forte. « On dirait que tu as vraiment décidé de sauver ce chien », dit-elle, et elle fait semblant de rire, peut-être rit-elle vraiment, de bon cœur, mais sa gaieté est solitaire, elle ne la partage pas, elle ne voit pas que je ne suis pas avec elle, et pourtant j'essaie de paraître en joie, moi aussi, mais je reste en dehors. Il y a un téléphone au bord de l'autoroute, je pense qu'il faudrait téléphoner à quelqu'un, pour ce chien, et je le dis. J'explique qu'il faut éviter que ce chien ne cause un accident, et j'essaie de dépeindre le mieux possible ce que pourrait être ce drame. A l'instant où je me mets à parler, à détailler ce fait très important pour moi, maman prend un air profondément ennuyé, ou souffrant, et j'ai l'impression que ma manière de présenter les choses est aussi gauche que moi, que je n'ai aucune force de persuasion face à elle, que l'essentiel est réduit à une pauvre chose inintéressante. Maman pense que c'est inutile, elle le dit. Elle ne pense pas qu'elle pourrait téléphoner aux secours pour ce chien, ni pour moi d'ailleurs, pour qu'on m'emporte et qu'on me fasse maigrir avant qu'il ne soit trop tard, avant que mon cœur ne fasse éclater ma poitrine, avant que mon ventre ne crève. Je ne sais pas comment maman fait pour être normale, je veux dire mince, active et toujours au service des autres. Si j'étais malade, comme papa autrefois, on s'occuperait de moi. Mais je suis seulement grosse. Ce chien, sa vie est aussi simple que celle de papa, quand il vivait encore : il court pour sauver sa vie, il sait ce qu'il doit faire. Moi, je voudrais un grand malheur pour simplifier les choses, afin que quelqu'un s'intéresse à moi, me demande combien de comprimés de purgatif je prends exactement, combien de flacons de sirop calmant j'achète par mois, dans des pharmacies différentes. Je voudrais qu'on m'aide à dormir, à faire taire mon cœur quand je me mets au lit, ou qu'on m'explique ce qu'il faut faire pour que je vomisse tout ce que j'ai mangé, et aussi qu'on me dise ce que j'ai qui n'est pas laid, et ce qu'il faut dire à la coiffeuse pour qu'elle me coupe les cheveux autrement, et aux gens pour qu'ils cessent de m'appeler monsieur parce que j'ai les cheveux très courts et une carrure de débardeur, et des petits seins, et peur de marcher comme les filles marchent.

Je ne peux pas me montrer triste puisque maman est si bien. Le contraste serait encore plus saillant et, après tout, depuis la mort de papa, elle n'a plus que moi, moi pour manger ses gâteaux, arroser sa pelouse, moi pour la conduire dans l'Audi de papa. Il faudrait que quelque chose m'arrive, d'exceptionnel. Que des gens me fassent mal, que je ne sois pas la seule à me faire mal. Que maman me batte puis m'abandonne sur l'autoroute. Alors je courrais, maigre, folle, et les gens s'arrêteraient pour moi, beaucoup de gens, ils auraient des larmes dans les yeux, ils diraient : « On va la sauver ». Et peut-être qu'ils ne me sauveraient quand même pas, mais on m'aura vue, une fois avant ma mort, on se souviendra de moi, un souvenir poignant, un souvenir qui change la vie, qui fera réfléchir les gens, qui les rendra meilleurs. Peut-être qu'il y aura un photographe de passage, et ma photo sera dans les journaux : « Une jeune fille abandonnée cherche son salut sur l'autoroute ». Ou une photo de l'accident que j'aurais causé en courant, comme ça, le long des voitures. Un accident immense, beaucoup de blessés, quelques morts, du sang partout. Une trace, tout simplement, une trace de moi. Ou bien un policier me sauverait, je serais maigre alors, ou plutôt très mince, très, et pâle, il me prendrait dans ses bras, et il verrait tout de suite que je ne suis pas un garçon. Et j'aurais des beaux ongles, pas des ongles rongés, et des cheveux longs, c'est maman qui a toujours dit que ça ne m'allait pas, parce que les miens sont fins, tandis que les siens, épais et blonds, supportent la longueur.

    Courir, courir comme ça, je le pourrais. J'ai une résistance folle, je passe des nuits entières sans dormir. C'est courir qu'il me faut, et ne plus jamais m'asseoir à une table, une table avec maman. Quand je suis à une table en face de maman, je suis un chien craintif, soumis, qui arrondit les épaules, qui dit oui à tout, qui ne refuse rien. Un chien qui ne manifeste aucune affection ni rage, simplement de la soumission, tout en prenant des airs dégagés, des airs de bonne humeur, comme il faut l'être, toujours, pour lui plaire.

    La nuit, les yeux me brûlent. Je souhaite dormir, comme tout le monde, me laisser tomber, une pierre dans l'eau, sans résistance, sans remous. Mais il n'en est pas ainsi. Le moindre cri d'oiseau, le moindre craquement de plancher, la moindre aspérité de mes pensées me tiennent éveillée, le cœur au bord de l'explosion, le ventre lourd, et les yeux brûlants : deux charbons ardents, où le sang bat comme un marteau de forge. Le matin me trouve aveugle, ou presque. La fatigue me fait tituber, emplit mes yeux de larmes. J'aimerais être belle et forte pour faire plaisir à papa, qui doit me voir là où il est. Papa était beau, et fort, avant sa maladie, avec en plus ces délicates imperfections qui ajoutent du charme à un homme : des oreilles un peu trop grandes, des sourcils un peu trop fournis. Oui, je désire avant tout lui plaire, ouvrir, comme lui, des yeux purs sur le monde, des yeux calmes comme des lacs de montagne. Sous ses sourcils en broussaille, les yeux de papa étaient sombres et froids, et le froid purifie. Des yeux posés de toute éternité sur un rocher. Les miens sont chauds et vifs comme de petites bêtes impulsives, des serpents ou des renards des sables. Ils ont la méchanceté des bêtes. Leur innocence aussi. « Innocente ! » C'est ce que maman dit quand je l'agace par ma lenteur ou quoi que ce soit d'autre, comme par exemple de ne pas être capable de repasser convenablement un chemisier ou de prendre un message pour elle au téléphone, quand ils appellent de l'Association des Veuves, quarante fois par jour. Parfois j'ai l'impression qu'elle dit « innocente » pour ne pas dire « imbécile ».

Je me suis aperçue que ma vue avait baissé il y a quelques mois, juste après la mort de papa. Un jour, en effet, maman m'a demandé de lui passer la louche et je lui ai donné ma main comme un objet étranger à moi-même, ma main que je portais dans l'autre main. J'ai dit : « Voici ! » Je devais être dans un jour de ventre lourd et de brouillard dû au sirop calmant. Je sais gré à maman d'avoir ri, et d'avoir insisté pour que je laisse ma main à sa place : elle n'a pas voulu la plonger dans la soupe. D'une certaine façon, j'en étais triste : j'aurais aimé que la main de maman saisisse la mienne, à la manière ferme et gaie dont elle saisit les légumes, les épluche, les lave et les sale, allume le feu, remue et goûte, sert enfin sa famille. Ou ce qu'il en reste. Puisque papa est mort.

Grâce à maman, je ne me suis pas brûlée car j'ai repris ma main. Et j'ai décidé de faire des exercices oculaires, chaque jour. Papa faisait bien des bains de bouche tous les soirs. Ça gargouillait si joliment, un chant un peu âpre, un chant de gorge, car il mettait des notes là-dedans. Parfois, je l'imitais avec un peu d'eau tiède. On faisait des chansons, lui et moi, de tous ces gargouillis. Je riais tellement que je finissais par cracher l'eau contre le miroir de la salle de bain.

Maman a quarante ans, j'en ai vingt. Je ne sais pas vivre seule, c'est ce qu'elle dit. Je réagis bizarrement, et je mange trop. Voilà ce que dit maman depuis la mort de papa. « Mort, il est mort, c'est une chose acquise », dit maman en se regardant dans le miroir. Mais moi je sais qu'il est là, il me regarde, il m'aime. Il surveille le monde pour voir si un garçon va venir et me prendre. Il fait, du ciel, un couloir avec ses bras qu'il dispose comme un sphinx, un couloir d'invite, où tous les bons garçons ont envie de s'engager, et au bout il y a moi, moi sans maman, moi belle et mince et les cheveux longs, voilà.

Donc j'attends ça. Un homme. Un architecte, par exemple, qui m'obligerait à quitter maman pour construire, ailleurs, ma propre maison. Et s'il ne vient pas, c'est moi qui viendrai. Je viendrai sans m'en rendre compte, comme j'ai saisi le bras de cet homme au bord de l'autoroute. Maman était restée dans l'auto, moi, j'étais debout à côté des gens qui, eux aussi, s'étaient arrêtés pour le chien. Pas tous au même endroit, non, nous étions trois, un homme en col roulé noir, une jeune femme en rouge vif, et moi ; les autres étaient plus loin, un type à côté de son camion et un autre assis, avec, – chose étrange, – un vélo à côté de lui. L'homme près de moi, il était presque vieux, et rude. J'aimerais un homme comme ça, qui ne soit pas tendre, qui me force à travailler, qui ne me touche jamais. Il faudrait que personne ne me touche, ce que j'ai autour de mes muscles est trop laid, trop mou, il faudrait que quelqu'un soit méchant avec moi parce qu'il m'aime, qu'il m'affame, qu'il me frappe chaque soir pour que je dorme. Assommée, je serais très belle, le visage couvert de bleus, la chair dure, sur des os saillants.

J'écarterais les jambes en dormant. Il me prendrait. Me prendrait chaque nuit, plusieurs fois par nuit. Je ne sentirais rien.

Parfois, quand je suis avec maman, je me vois morte. Tout en mangeant en face d'elle ou en étant dans l'Audi avec elle, j'assiste à mon propre enterrement comme j'ai assisté à celui de papa. A mon enterrement, personne n'est triste, personne ne me regrette, même pas maman. Peut-être est-elle contente : un problème de moins. Maintenant, si j'imagine que ce chien est mort, je vois une bête au bord de l'autoroute, dont personne ne se soucierait, on ne s'y intéresserait pas plus qu'à un sac de sable. Moi, je m'approcherais à grande vitesse, dans l'Audi de papa. Maman tiendrait la carte, évidemment. Mais moi, je tiendrais le volant, je pourrais faire ce que je veux. Alors, je m'arrêterais, et, comme elle ne veut pas conduire, elle resterait là, avec sa carte inutile, et elle râlerait, elle me détesterait. Moi, je voudrais voir le chien mort. C'est un chien perdu, dirais-je à maman, son maître le cherche désespérément, il faut savoir à qui il appartient. Non, dirait maman, d'humeur massacrante, c'est un chien qu'on a abandonné, qui ne vaut rien, une carcasse, personne ne le cherche ni ne le cherchera jamais. Alors moi, je ne l'écouterais plus, je traverserais l'autoroute au risque de me faire tuer et de rejoindre dans l'immobilité le cadavre du chien. Arrivée près de lui, je verrais le sang, et j'aurais peur d'aller plus près, peur de m'approcher pour saisir le collier et chercher la plaque d'identification. Un instant je n'aurais pas le courage d'aller retourner ce corps raide et sanglant pour voir le collier. Je m'en voudrais. Et je me demanderais pourquoi maman croit que le maître du chien n'aura pas de chagrin de sa disparition. Cela me ferait penser qu'elle n'aura pas de chagrin si moi je meurs. Elle veux rester froide parce qu'elle n'aime pas le sang ni rien de ce genre, elle a eu sa dose, avec papa, il n'y a plus de place pour le sang de personne d'autre. Moi, je crois que le maître du chien va le chercher, et qu'il n'aura pas l'âme en paix tant qu'il ne connaîtra pas le sort de l'animal. Alors, dans la rumeur des voitures, je marcherais vers le chien mort, je le retournerais, et je verrais son nom : « Anne ». C'est une chienne, elle s'appelle Anne, comme moi. Je vais repartir, je vais dire qu'Anne est morte, et quelqu'un viendra, qui m'apprendra que c'était le chien le plus attachant du monde, une bête intelligente et fine, quelqu'un pleurera, quelqu'un refusera d'y croire, quelqu'un écrira un livre sur Anne, sur sa mort.

En attendant, le chien n'est peut-être pas mort.

Comme il courait ! Soudain, il a quitté sa trajectoire, le long du terre-plein central, il a fait un crochet brusque et a foncé sur nous, en traversant les trois bandes de circulation. Ce qui était hallucinant, c'était cette impression de maîtrise totale qu'il nous a donnée : il zigzaguait à une vitesse folle entre les voitures, comme si un instinct supérieur lui dictait de sauver sa peau. J'ai hurlé, et j'ai agrippé le bras de l'homme au pull noir, qui regardait, lui aussi, tout près de moi. A ce moment-là, je ne pensais plus au risque d'accident pour les automobilistes. Je ne craignais que le sang du chien, son agonie. Je ne voulais pas le voir percuté par une voiture, et pourtant je regardais, je regardais de tous mes yeux, mes yeux innocents, mes yeux de bête. Et ma main serrait le bras d'un inconnu, à le briser. Ma violence, toute ma violence sur ce bras d'homme. Près de nous, la femme à l'imper rouge criait, hystérique : « Viens ! Viens ! » Le chien, en nous voyant, a obliqué brusquement, il s'est mis à courir sur le bord de l'autoroute, où il a dépassé le camionneur et le type assis à côté de son vélo. J'ai vu le camionneur se pencher vers le vélo, et le jeune homme se relever, puis retomber. Le chien courait comme une âme damnée, les autos klaxonnaient, le talus et les buissons lui adressaient des signes salvateurs, la femme continuait à crier « Viens ! Viens ! » mais il ne voyait rien, il n'avait pas l'idée de venir vers nous ou de filer vers la campagne, il a disparu à l'horizon, toujours galopant.

L'homme à côté de moi m'a regardée avec bonté, une bonté qui ne s'adressait pas à moi, ni à ma main qui avait cherché son bras sans même que je le veuille, une bonté dure, désincarnée, qui n'avait besoin de personne. Il a dit : « Je vais téléphoner », et il s'est mis à marcher d'un pas rapide vers le poste de téléphone le plus proche, à une centaine de mètres. J'ai jeté un coup d'œil à la femme en rouge, elle pleurait, les bras croisés serrés contre sa poitrine, comme pour s'étouffer elle-même. J'ai fait quelques pas vers elle, et j'ai tout de suite vu qu'elle non plus n'avait pas besoin de moi. Trop belle pour avoir besoin de qui que ce soit. Alors je suis rentrée dans la voiture, et maman m'a dit : « Il n'y a rien à faire. » Pauvre maman, ai-je pensé, et à ces mots je me suis sentie délivrée, simplement parce que je cessais de la détester, de lutter contre elle, pour la plaindre. Pauvre maman qui ne sait pas que tout reste à faire, même quand l'espoir disparaît à l'horizon avec la silhouette d'une bête pantelante. Moi, je prends ce chien contre moi et je lui dis : « Vas-y, Anne, je suis avec toi, tu vas te sauver, ma belle, ma courageuse. » Moi seule, au milieu de ces gens qui parlent d'un air inquiet, ou font semblant de chercher des secours, moi seule porte Anne dans mon cœur. J'ai maintenant des muscles aussi puissants qu'elle, un instinct phénoménal me guide, je sais qu'elle va s'en sortir, je le sais. Je ne pleure pas, je ne suis plus faible et muette, j'ai des muscles d'acier, un souffle inépuisable, une volonté qui me sort de l'enfer. J'ai de la patience, aussi, patience de courir jusqu'à ce qu'une issue me soit donnée. On va crier à me voir sortir de l'autoroute, poussée par un instinct très sûr, ne laissant dans mon sillage qu'étonnement et émotion. Je suis belle dans cet acte de courir, de longs muscles, de longues cuisses fines, un museau intelligent et calme, une force tranquille. Je n'ignore pas que je pourrais mourir, mais je cours, à la vie ou à la mort, avec la même détermination. Je cours pour retrouver mon maître, l'homme de ma vie, celui qui m'aime depuis toujours, me comprend, me cherche, et entrera bientôt dans le tunnel que papa fait, là-haut, ou là-en-bas, où que ce soit, avec ses longs bras maigres étalés devant lui, en position de sphinx. Ma course, en faisant l'admiration générale, attirera l'œil d'un homme, même si je meurs : car, me voyant inanimée sur le bord de l'autoroute après une course si courageuse, il s'approchera de moi, résistera à son horreur du sang, me retournera doucement, verra mon nom : « Anne ». Et il saura que je suis morte en tentant de le rejoindre.

TABLE

Histoire d'un camionneur 11
Le combat avec l'ange 33
Un petit parasol piqué dans la crème fraîche.. 57
A vélo 75
Rien à faire 95
Le repos éternel 111

CET OUVRAGE A ÉTÉ TRANSCODÉ ET ACHEVÉ
D'IMPRIMER LE VINGT-QUATRE JUIN MIL NEUF
CENT QUATRE-VINGT-SEIZE DANS LES ATE-
LIERS DE NORMANDIE ROTO IMPRESSION S.A.
À LONRAI (61250) N° D'ÉDITEUR : 3070
N° D'IMPRIMEUR : 960523

Dépôt légal : juillet 1996